KB149940

엄마와 함께하는

경기도 문화 답사기

■ 〈엄마와 함께하는 경기도 문화 답사기〉에는 인천광역시에 속하는 강화도 유적지도 포함되어 있습니다.

엄마와 함께하는 경기도 문화 답사기

초판 1쇄 인쇄_2021년 12월 15일 | 초판 1쇄 발행_2021년 12월 20일
지은이_김영숙 | 펴낸이_오광수 | 펴낸곳_한걸음
디자인 · 편집_편집부
주소_서울시 용산구 백범로90길 74 103동 1005호(이안오피스텔)
전화_02)3275-1339 | 팩스_02)3275-1340 | 출판등록_제 2016-000036호
ISBN_979-11-6186-110-4 03810
※ 책 값은 뒤표지에 있습니다.

엄마와 함께하는
경기도 문화 답사기

김영숙 지음

한걸음

| 들어가며 |

신나게 여행을 떠나 마음껏 놀자

얘들아, 우리 여행 갈까?

여행이라는 말만 들어도 신나고 기분 좋아진다. 일상에서 벗어나 맛있는 것도 먹고, 새로운 세상, 사람을 만나는, 그래 여행은 너무 즐겁고 가슴 뛰는 일이야.

여행 하면 왠지 비행기 타고 멀리 가야 할 것만 같아. 그런데 멀리 가지 않더라도 신나고 즐거운 여행을 할 수 있다면 얼마나 좋을까.

만약 맛있는 것도 먹고, 흥미진진한 이야기를 접하고, 사람들을 만나 즐겁고 신난다면 우리가 살고 있는 곳 가까이에서도 재미있고 가슴 뛰는 여행이 될 수 있어.

항상 늘 가까이에 있다 보니 무심하게 지나치기도 하고 때로는 가까이에 있다는 이유로 언젠가 가면 되지 라는 생각에 외면하기도 했던 소중하고 귀한 그리고 즐겁고 신나는 여행지가 바로 우리 곁에 있단다.

〈엄마와 함께하는 경기도 문화 답사기〉는 우리 주변에 있는 동네 여행지, 특히 경기도 일대에 있는 유적지나 여행지를 찾아서 한 곳에 담은 책이야. 프랑스의 어린왕자마을, 이탈리아의 피노키오마을도 있고, 우리 조상의 삶과 죽음이 담긴 이야기가 있는 유적지도 있고, 죽어가는 자연을 되살려 우리 곁으로 돌아온 물고기와 새, 수많은 전쟁을 치르고 전시관으로 탈바꿈한 군함, 그리고 왁자지껄 사람들이 모여 맛있는 음식을 먹는 시장도 있단다.

우리가 눈길을 주지 않았던 가까운 곳에 보석처럼 귀하고, 놀이기구 타는 것처럼 신나고, 유럽여행을 가지 않아도 동화 속 친구들이 튀어나와 반기는 곳이 있어. 이제부터 그런 곳을 찾아 여행을 떠나보는 거야. 많이 보고 듣고 만나고 느끼다 보면 우리는 여행의 진짜 재미에 푹 빠지게 되고, 이 세상이 얼마나 신나고 즐거운 곳인지 알게 된단다.

얘들아, 우리 여행 가자.

김영숙

1부 햇살을 맞이하다

2부 평화의 바다를 품다

3부 역사를 가슴에 품다

4부 아픔과 희망을 간직하다

1부

햇살을 맞이하다

어린왕자, 피노키오와 친구가 되다

가평군_쁘띠프랑스, 이탈리아마을 피노키오와 다빈치, 잣고을시장

비행기를 타지 않고도 프랑스의 어린왕자를 만나고 이탈리아의 피노키오를 만날 수 있다면 얼마나 좋을까. 가평 청평 호수를 끼고 있는 산자락에 위치한 쁘띠프랑스와 이탈리아마을 피노키오와 다빈치에 가면 동화 속 나라를 여행할 수 있어.

지구별을 찾아온 어린왕자가 안내하는 동화 속 나라

가평에는 드라이브 코스로 유명하고 낚시꾼들이 자주 찾는 청평 호수가 있어. 청평 호수는 1943년에 청평댐이 완공되면서 만들어진 인공호수야. 굽이굽이 이어지는 호수를 따라 가면 산자락 숲속에 동화 속에나 나올 것만 같은 유럽 마을이 한눈에 들어와.

아랫마을에 있는 쁘띠프랑스로 먼저 여행을 떠나볼까.

엄마가 어렸을 때 꿈꿨던 동화 속 나라가 바로 여기네. 쁘띠프랑스 마을에는 길가에 유럽 여행에서 만날 수 있는 골동품이 늘어선 벼룩시장도 있고 오르골 음악소리가 흥겹게 울려퍼지고 있네.

이 마을에서 꼭 만나야 할 왕자가 있어. 바로 어린왕자야. 어린왕자는 프랑스의 소설가이자 비행사였던 생텍쥐페리가 2차세계대전 중에 발표한 〈어린왕자〉라는 소설의 주인공이야. 생텍쥐페리는 비행을 좋아했는데 1935년 비행 중 사하라 사막에 불시착하게 되었다 기적적으로 구출된 적이 있었어. 이때 '어린왕자'에 대한 생각을 하게 되었고 결국 〈어린왕자〉라는 소설을 쓰게 된 거지.

엔진 고장으로 사막에 불시착한 '나'는 어린왕자를 만나게 되고 어린왕자가 장미의 거짓말과 오만함 때문에 자신의 별을 떠나 여행을 하

아기자기한 쁘띠프랑스 마을

게 된 이유를 알게 돼. 마지막 별 지구로 가게 된 어린왕자는 뱀과 장미꽃을 만나고 사람을 찾으며 외로워하다가 여우를 만나서 길들인다는 것이 무슨 뜻인지 알게 된단다. 결국 어린왕자는 뱀의 도움으로 자기 별로 돌아가게 되는데, 어떤 마음으로 바라보느냐에 따라 세상이 달라질 수 있다는 것을 깨닫게 해준단다.

이제 어린왕자와 함께 쁘띠프랑스 마을을 여행해 볼까.

유럽의 귀족들은 오르골의 멜로디를 사랑했어. 프랑스에서 직접 수집해 온 대형 오르골을 비롯해서 다양한 모양의 오르골을 만날 수 있는 '메종 드 오르골'에서 프랑스의 음악을 들을 수 있어. 프랑스 남부지역의 마을을 옮겨놓은 듯한 '메종 드 마리'는 마리의 방이라는 뜻인데 마치 프랑스 여인의 방에 있는 것 같아. '메종 드 장'은 프랑스 청년의 방을 옮겨놓았다고 보면 돼. 프랑스에서 가져온 전통가구와 명품 도자기 인형, 프랑스 유명 화가들의 그림 등이 장식되어 있어서 마치 화가의 집에 놀러온 기분이야.

구불구불 쁘띠프랑스 마을을 돌아다니다 보면 정말 프랑스의 어느 마을에 놀러와 있다는 생각이 들 거야. 좁은 골목을 따라 가

다 보면 커다란 분수광장이 나오기도 하고, 숲길을 따라 산책을 할 수 있는 봉쥬르 산책길을 걸어보기도 하고, 야외무대와 극장에서 여러 공연을 보면서 프랑스 문화에 푹 빠져보는 것도 재미있을 거야.

전망대와 테라스에서 바라본 아기자기하고 알록달록한 마을의 모습과 멀리 펼쳐진 청평 호수의 모습은 이곳에서만 볼 수 있는 멋진 그림이란다.

피노키오가 함께할 수 있는 동화 속 나라

쁘띠프랑스가 아랫마을이면 윗마을에는 이탈리아마을 피노키오와 다빈치가 있어. 마을로 들어서는 순간 어마어마하게 큰 피노키오가 반갑게 맞아줄 거야.

피노키오는 이탈리아의 로렌치라는 작가가 콜로디라는 필명으로 쓴 〈피노키오의 모험〉이라는 동화 속 주인공이야. 목수인 제페토 할아버지가 장작을 깎아서 만든 인형에게 피노키오라는 이름을 지어주었어. 개구쟁이이자 장난꾸러기인 피노키오가 겪는 모험이야기인데, 여우와 고양이에게 속아서 목숨이 위태로워지기도 하고, 일벌들이 사는 섬에서 나쁜 아이들을 만나 온갖 모험을 겪기도 해. 마지막에 고래에게 먹힌 제페토 할아버지를 구출하고 착한 사람이 된다는 동화야.

이곳은 피노키오뿐만 아니라 이탈리아의 천재 화가인 레오나르도 다빈치의 작품들도 만날 수 있어. 레오나르도 다빈치는 정식 교육을 받지 못했지만 노력형 화가였어. 다빈치는 자연에서 모든 것이 나온다고 생각했어. 문학, 철학, 예술 모두가 자연에서 나오는 것이라고 믿고 관찰하고 또 관찰해서 그림을 그렸고, 인체 해부에도 관심이 있었는데 이것은 인물을 잘 표현하기 위해서였단다.

모험심 가득한 피노키오와 무엇이든 관찰하고 관찰한 천재 화가 레오나르도 다빈치와 함께 마을 구경을 해볼까.

이탈리아마을 골목을 이리저리 다니다 보면 피노키오 모험관도 만나고 어디선가 피노키오가 뛰어나와 친구들과 함께 놀자고 할 것 같은 광장도 만나게 돼. 제페토 골목을 따라 걸어보고, 피노키오의 모험관, 다빈치 전시관, 피노키오 극장, 까라라 갤러리, 이탈리아 문화관 등 이탈리아 토스카나 지역의 전통 주택을 지나가면 마치 이탈리아에 와 있다는 생각이 들어.

피노키오 전망대에 올라가면 이탈리아마을을 지키는 피노키오도 보이고 아랫마을 쁘띠프랑스, 그리고 멀리 청평호수까지 한눈에 볼 수 있어.

피노키오 전망대에 올라가면 마을이 다 내려다보인다.

철길 위의 미술 작품과 잣고을시장에서 만난 인심

지금은 물건을 사러 대형마트로 가는 것이 흔한 일이지만 시골이나 지방에는 전통재래시장이 남아 있어. 5일마다 장이 서기 때문에 5일장이라고 하는데, 각 지역의 특산물을 살 수 있고, 시골 인심을 느낄 수 있어서 인기가 있어.

가평에는 잣고을시장이라는 5일장이 열리는데, 가평의 특산물이 '잣'이어서 붙여진 이름이야. 가평은 전체 산에서 잣나무가 30%를 차지하고 있고, 국내 잣 생산량의 60%가 이곳에서 나와. 가평군 상면의 축령산 기슭은 잣나무 숲이 유명한데, 이 근처에 잣 가공 공장이 모여 있어서 이곳을 지나갈 때는 진한 잣 향기를 맡을 수 있단다.

잣고을시장은 5, 10, 15, 20, 25, 30일에 장이 서는데, 장날이 되면 사람들이 모여 북적이고, 여기저기서 흥정하는 사람, 물건을 펼쳐 놓은 채 알아서 사가라는 듯이 입 꾹 다물고 있는 상인, 옆집에서는 고소한 감자만두 냄새가 식욕을 자극하고, 한쪽에서는 막걸리를 드시는 할아버지, 어디서들 모였는지 장날만 되면 펼쳐지는 장터 모습은 사람 사는 게 무엇인지 느끼게 해주는 삶의 현장이야.

잣고을장터 한 켠에는 레일바이크를 탈 수 있는 곳이 있어. 철로 위를 달릴 수 있도록 만든 자전거인데, 자전거처럼 페달을 밟아 그 힘으로 철로를 달리는 거야. 교통의 변천으로 기차역이 사라지는 곳이 생기는데 이런 곳에 레일바이크를 만들어서 사람들이 즐겨 탈 수 있게 만들었어. 가평레일바이크는 경춘선 강원도 구간을 무궁화, 통일호, 비둘기호라는 이름의 열차가 달렸던 경춘선 옛 철길을 그대로 이용해서 레일바이크를 만든 거야. 경강역과 가평잣고을시장, 계절마다 모습이 변화하는 느티나무터널과 북한강을 가로지르는 30m 높이의 북한강 철교를 지나게 돼. 기차를 타고 주변 경치를 보면서 여행하는 즐거움을 느낄 수 있고, 직접 페달을 밟아서 움직여야 하니까 놀이기구 타는 기분도 맛볼 수 있단다.

잣고을장터 건너편에는 예술 작품을 보면서 산책할 수 있는 철길공원이 있어. 옛 철길 자리에 공원을 만들고 다양한 예술 작품들을 곳곳에 전시해 놓아서 이곳이 옛날 철길이 있었다는 역사도 잊지 않게 하고 아름다운 작품들을 보면서 산책을 하다 쉬기도 하고 길 건너 잣고을시장에 들러 맛난 음식도 먹고, 장터 구경도 하다 보면 생각지도 않게 양 손 가득 장을 보게 될지도 몰라.

장터 구경도 하고 맛난 것도 먹고 기차 놀이를 하면서 우리는 또 하나의 추억을 쌓게 될 거야.

가평잣고을시장에는
시골 풍경을 마음껏 볼 수 있다.

굽이굽이 흐르는 강물을 보며 차를 마시다

남양주시_수종사, 정약용생가, 정약용 무덤, 실학박물관

동양에서 최고의 전망을 자랑하는 수종사

동양에서 제일 전망이 좋은 절로 유명한 수종사에 가면 북한강과 남한강이 합류하는 한강의 경치를 바라볼 수 있어. 사계절 내내 색을 달리하고, 발 아래 한강을 뒤덮고 있는 구름, 해가 뜰 때, 해가 질 때 시시각각 자연은 다른 모습으로 다가올 거야. 그 정도로 빼어난 경치로 유명한 절이 수종사란다.

조선시대에는 자연을 벗삼아 차를 마시는 차문화가 발달했어. 수종사도 초의선사, 다산 정약용, 추사 김정희가 차를 즐겨 마셨던 곳이야. 전남 강진 다산초당에서 유배생활하면서 만난 초의선사와 정약용은 24살의 나이차에도 이야기가 잘 통하던 벗 같은 사이였어. 유배생활이 끝나고 고향으로 돌아온 후에는 초의선사가 찾아와 차를 마시며 이야기를 나누곤 했단다.

정약용이 초의선사와 차를 즐겨마셨다는 수종사의 산령각에서 내려다 본 모습

수종사에는 차를 직접 우려서 마실 수 있는 장소가 있는데, 삼정헌이야. 삼정헌의 '삼정'은 차문화와 관련된 세 명의 정승을 말하는데, 차를 자신의 호로 쓴 다산 정약용, 초의선사에게 차에 관한 시 동다송을 쓰게 한 정조의 사위 홍현주, 그리고 차의 신선인 초의선사일 거야.

정약용은 수종사에 오면 세 가지 즐거움이 있다고 해. 동남쪽 봉우리에 석양이 붉게 물드는 것을 보는 즐거움, 강 위 햇빛이 반짝이며 창문으로 비쳐 들어올 때의 즐거움, 그리고 한밤중 달이 대낮처럼 밝아 주변을 보는 즐거움이야. 수종사에 가면 우리는 몇가지 즐거움을 느끼게 될까.

삼정헌에 앉아 차를 마시면 시간은 느릿느릿 흘러가고 있구나 싶어. 뭐든지 빠르게 빠르게 흘러가는 요즘 답답하단 생각도 들겠지만 잠시 정약용과 초의선사가 차를 마시던 때를 생각하면서 조금만 여유를 가지면 어느새 마음이 편안해지고 주변의 자연이 눈에 들어오면서 머리가 맑아지는 기분을 느낄 수 있을 거야.

수종사에 얽힌 이야기에는 고려 태조 왕건과 관계된 것이 있어. 왕건이 산 위에 이상한 구름이 보여 가까이 갔더니 우물 속에 동종이 있어서 그곳에 절을 짓고 수종사라고 했다는 이야기가 있고, 조선시대 세조와의 이야기도 있어. 세조가 금강산을 다녀오다가 새벽에 이곳에서 종소리를 들었는데 바위굴 속에서 떨어지는 물소리가 울려서 종소리처럼 들린 거래. 세조는 이 굴속에서 18나한상을 발견하고 1459년 크게 늘려 짓고 수종사라고 했단다.

세조가 직접 심었다는 500년 된 은행나무 근처에서 내려다보는 두물머리 한강의 경치는 너무 아름답단다.

시작과 끝을 지켜내다, 정약용생가와 정약용 무덤

북한강과 남한강이 합쳐져 아름다운 자연풍광으로 유명한 남양주에 마현마을이 있어. 이곳은 다산 정약용이 태어난 곳이기도 하고 전라남도 강진에서 18년의 긴 유배생활을 마치고 돌아와 머물다 생을 마감한 곳이기도 해.

여유당이라고 부른 원래 생가는 1925년 을축년 대홍수 때 떠내려가고 터만 남았는데 1986년 옛 모습대로 복원하였어. 우리나라 전통 한옥의 ㅁ자 형태의 집이야. 집 옆에는 사당이 있고, 유품을

여유당 생가 뒤쪽 언덕 위에 자리잡은 정약용 무덤

전시한 유물전시관도 있어.

집 뒤쪽 언덕 위, 생가 왼쪽으로 '여유당(與猶堂)'이라고 새긴 비석을 지나 계단을 올라가면 아늑하게 자리잡고 있는 정약용의 무덤을 볼 수 있단다.

무덤 앞에서 소나무 사이로 집이 한눈에 내려다보이고 좀더 멀리 한강이 보이는데 팔당호야. 뒤로는 운길산이 있고, 앞으로는 북한강과 남한강이 만났으니 경치가 빼어난 곳이야.

긴 유배생활을 끝내고 돌아온 정약용이 집의 이름을 '여유당'이라고 지었어. 여유당은 〈노자〉에 나오는 글에서 따온 건데, '머뭇거려라, 겨울에 시냇물을 건너듯. 조심해라, 사방의 이웃을 두려워하듯'이란 말이야. 정약용은 마음이 끌리는 대로 곧장 두려움도 없이 나가는 부분을 고치기 위해서 '여유당'이라는 호를 지어 집 문 위에 달아놓고 매일 보았다고 해. 매사에 신중하고 오만해지기 쉬운 마음을 조심하는 생활을 하려고 했던 거야.

정약용은 조선 후기의 대학자로 정조의 사랑을 듬뿍 받았어. 거중기와 녹로를 만들어 정조의 수원화성 건설을 앞당길 수 있었지. 그러나 붕당정치와 천주교 박해에 의하여 그의 젊은 시절 대부분은 한양에서 수백 리 떨어진 전라남도 강진에서 보내게 돼. 학문에 대한 열정이 대단한 정약용은 서학을 외면할 수 없었을 거야. 강진에서 18년 유배 생활하면서 오히려 학문을 연구하는 데 몰입할 수 있었어. 다산초당을 짓고 초의선사 등 사람들과 교류하며 학문을 연구하여 무려 500여 권의 책을 써서 조선이 발달하는 데 온 몸을 바쳤던 거야.

1819년 10월, 기나 긴 유배생활을 마친 정약용은 드디어 고향 집으로 돌아왔어. 부모 형제들은 모두 세상을 떠나고 약현 형만 남아 있었어. 물 맑고 경치 좋은 고향에서 정치적인 갈등도 없이 평화롭게 벗들을 만나고 학문을 이야기하며 지냈단다.

다산기념관에는 정약용의 친필로 쓴 편지와 그의 대표적인 저서인 〈목민심서〉, 〈경세유표〉 등의 사본이 전시되어 있고 수원 화성을 지을 때 발명했던 거중기와 녹로가 모형으로 만들어져 있어.

그리고 다산문학관은 정약용의 생애와 그가 쓴 책에 관해 설명하고 있는 곳이야. 이곳에서는 실학을 집대성한 학자로서 500여 권의 책을 남긴 학문적 업적을 알 수 있을 거야.

개혁만이 살 길이다, 실학박물관

정약용생가 건너편에 실학박물관이 있어. 실학이라는 한 가지 주제로 박물관을 만든 곳은 이곳밖에 없어. 실학이 무엇이길래 박물관까지 만든 걸까.

실학은 실생활에 실제로 쓸 수 있는 것을 연구하는 실용적인 학문이야. 현실의 문제를 실제로 해결할 수 있어야 하는데, 주로 조선 후기에 발달했어.

조선 후기에 정치가 어지러워지니까 백성들의 생활은 더 힘들어졌어. 그런데 유학자들은 실생활에 도움이 되는 정치보다 이론만 따지고 예법에 맞니 안 맞니 하면서 토론하고 대립했지. 이때 몇몇 학자들은 백성들한테 도움이 되는 것을 찾아 연구하기 시작했고, 실생활에 쓰이고 생활에 도움이 되는 '실학'이 나오게 된 거야. 실학을 연구하는 실학자들은 사회를 바꾸기 위해 개혁을 주장하기 시작했지.

게다가 중국에 사신으로 갔던 사람들이 서양 선교사를 만나고 그들을 통해 자명종, 천리경 같은 물건을 받고, 과학 기술 책도 읽으면서 서양학문에 대해 관심을 갖게 되었어. 서양 선교사들은 조선에 그들이 믿는 천주교를 알리기 위해 들어왔고 이들을 통해 서양 기술과 문물이 들어왔는데, 우리는 이를 '서학'이라고 해. 서학은 실학자들에게 엄청나게 인기가 많았고, 서학을 연구하면서 실학은 더욱 발전했단다.

서양 선교사들과 만나면서 실학자들 중에 천주교에 관심을 갖

실학박물관에 가면 조선의 실학에 대한 모든 것을 볼 수 있다.

는 사람이 늘어나고 천주교를 믿는 사람들도 나왔어. 정약용 형제들도 천주교 신자였단다. 양반과 평민으로 신분이 구분되어 있던 조선에서 인간은 모두 평등하다고 말하는 천주교를 받아들이기 힘들었을 거야. 천주교가 널리 퍼지는 것을 걱정한 조선 정부가 천주교 신자들을 박해하는 일이 벌어졌어. 천주교박해 사건으로 다산 정약용도 전라남도 강진으로 18년 동안 유배를 가게 되었던 거야. 실학박물관이 다산 정약용생가 옆에 있는 이유를 알 것 같지.

실학박물관은 3개의 전시실로 되어 있어. 1전시실은 실학이 어떻게 태어났고, 임진왜란과 병자호란 이후 어떤 개혁이 있었는지, 농업, 상업, 공업의 발전으로 조선사회가 어떻게 변화되었는지 알 수 있단다. 2전시실은 교과서에 나와 있는 실학에 관한 내용을 가지고 전시를 했어. 초중등학교 교과서 전 과목에서 실학에 관련된 내용을 뽑아서 정리했는데, 그림, 애니메이션, 영상 등이 있어서 쉽게 이해할 수 있게 되어 있어. 3전시실은 실학 중에서도 과학을 주제로 구성한 곳이야. 서양과학을 적극적으로 받아들인 실학자들이 천문학과 지구에 대해 어떻게 이해하고 있는지 여러 천문관측기구와 지도를 통해 알 수 있도록 되어 있어서 재미있게 볼 수 있단다.

두 물이 만나 기적을 만들다

양평군_두물머리, 세미원, 황순원문학촌 소나기마을

둘이 하나가 되는 곳, 두물머리

두 물줄기가 만나서 하나가 되는 곳이 있어. 그래서 이름도 두물머리라고 하는데, 금강산에서 흘러내린 북한강과 강원도 금대봉 검룡소에서 흘러내린 남한강이 경기도 양평군 양수리에서 만나 한강을 지나 서해로 흘러가지. 두 물이 만나는 곳이라 해서 양수리라고 하는데 순우리말로 두물머리라고 해. 두 물이 만나 큰 강인 한강으로 흘러가는 거란다.

두물머리는 드라마, 영화촬영장소로 유명해서 많은 사람들이 찾아오는 대표적인 생태관광지야. 강 주변이라 이른 아침에 피어오르는 물안개, 물안개가 걷히면서 해가 뜨는 모습은 한폭의 그림을 보는 것 같아. 나루터였음을 보여주는 황포돛배와 400년 넘은 느티나무는 멀리서도 이곳이 두물머리라는 걸 알게 해줘.

대한민국의 대표적인 생태관광지로 사람들이 보고 즐기고 힐링하기 위해 찾는 두물머리는 한때 사람들과 나무, 물건들을 실어 나르는 나루이자 항구였어.

지금은 이곳이 두물머리 나루터였음을 알리는 푯말만 남았지만 몇십 년 전까지만 해도 건너편 마을로 가려면 여기서 배를 타고 건너야 했어. 안 그러면 멀리 돌아가야 했거든. 두머리나루라고도 불렀던 두물머리 나루는 양평군 양수리 두물머리마을과 광주시 귀여리 귀실마을을 이어주던 중요한 정류장이었을 뿐만 아니라 남한강의 항구 역할도 했어. 주변 산에서 나온 나무를 운반해야 했거든. 그러다 팔당댐이 생기고 도로가 생기면서 점점 사라

남한강과 북한강 두 물이 만나는 곳 두물경

져간 거야.

주차장을 지나 두물머리에 들어서면 400년 넘은 커다란 느티나무가 보여. 높이 30m, 둘레가 8m 되는 도당나무야. 마을사람들이 배 타는 사람들이 무사하고 마을이 평안하라고 도당제, 도당굿, 고창굿 같은 제사를 지냈어. 도당제는 용왕제를 지내는 것인데 제사와 굿을 함께 지내는 마을의 큰 행사였어. 1925년 을축년 대홍수로 마을이 크게 피해를 입은 이후 해마다 음력 9월 2일에 제사만 지내고 있단다.

도당나무는 큰나무가 만들어주는 그림자 안에 앉아 쉴 수 있는 쉼터이기도 하고, 온갖 이야기를 들어주는 할머니, 할아버지이기도 하고, 소원을 비는 장소이기도 해. 나무가 소원을 들어줄 수는 없었겠지만 사람들은 답답한 마음을 달래기도 하고 간절한 마음으로 소원을 빌면서 마음의 위로를 받았을 거야.

도당나무에서 강쪽으로 난 길을 따라 걷다 보면 돌담길을 만나기도 하고 여름에는 연꽃이 가득 피어 산책이 즐거워져. 기분 좋은 느낌의 흙길을 밟으며 걷다 보면 드디어 두 물이 만나는 곳, 두물경에 도착할 거야. 두물경 표지석과 바닥에 고지도가 새겨져 있는데, 눈앞에 펼쳐진 두물경을 고지도에서 찾아보는 재미도 즐겁단다. 해가 질 때의 모습과 겨울에 눈내린 설경이 아름답다고 이름난 곳이지만 가끔 비가 와서 물줄기가 흙탕물로 변할 때 북한강과 남한강의 두 물줄기가 합해지는 모습을 볼 수 있기도 해.

비록 화려하지는 않지만 산과 강이 어우려져 만들어낸 자연의 모습은 예나 지금이나 사람들의 발길을 이어지게 하고 있어. 조선시대 화가인 겸재 정선의 독백탄에 있는 두물머리 풍경과 핸드폰으로 찍은 사진 속 풍경이 그다지 달라보이지 않는 것은 산과 물이 어우러져 조화롭게 만들어낸 자연의 힘일 거야.

흙탕물 속에서도 빛이 나는, 세미원

1500년 전에 묻혀 있던 씨앗이 싹을 틔우고 꽃을 피운다면 믿을 수 있을까. 연꽃은 북반구의 기온이 따뜻한 지역에서 화석으로 발견되어 화석식물이라고도 해.

흙탕물 속에서 자라면서도 전혀 더럽지 않고 아름다운 꽃을 피우고, 불교에서는 부처님이 앉아 있는 곳을 연꽃 모양으로 만들기도 해. 그래서 연꽃의 꽃말은 청결, 신성, 아름다움이야.

겉으로 드러난 아름다운 연꽃만 보지 말고 물속 흙바닥에 자리잡은 뿌리와 물속에서 뻗어나와 커다란 연잎과 꽃을 지탱하고 있는 줄기를 보면서 다니면 좀더 연꽃과 친해질 수 있을 거야.

연꽃은 음식으로도 쓰이는데, 연잎으로 쌈을 싸먹기도 하고,

세미원에서 만난 장독대 분수가 시원한 물줄기를 내뿜고 있다.

연잎으로 밥을 감싸서 쪄먹기도 하고, 연꽃과 잎으로 차를 만들어 마시기도 해.

연꽃이라는 한 가지 주제로 박물관도 만들고 생태공원도 만들고, 전통정원을 만들어서 수생식물이 갖고 있는 정화작용을 활용하여 한강 주변의 생태도 살리고 자연을 풍요롭게 만든 곳이 세미원이야.

세미원은 물을 보며 마음을 씻고 꽃을 보며 마음을 아름답게 하라는 뜻이 담겨 있단다. 한강 상류 두물머리 근처에 있는 세미원은 수질 정화 기능이 뛰어난 연꽃을 주로 심었는데, 사계절 어느 때 가도 아름다운 모습을 볼 수 있어. 한강과 연결되어 있는 물의 정원으로 다양한 형태의 전통 정원을 만나게 될 거야.

세미원에 들어가면 가장 먼저 만나게 되는 곳이 불이문과 팔괘가 그려져 있는 담이야. 하늘과 땅, 자연과 사람, 너와 나처럼 둘이면서 둘이 아니라는 뜻을 담아 '불이문'이라고 했어. 팔괘는 태극기에도 그려져 있기 때문에 본 적이 있을 거야. 8가지 자연을 뜻하는데 하늘, 땅, 연못, 불, 지진, 바람, 물, 산을 말하는 거야.

정원으로 들어가 걷다 보면 장독대분수를 보게 될 거야. 정원에 웬 장독대? 시골 장독대에나 있을 것 같은 항아리들이 잔뜩 모여 있으니 정감이 느껴지네. 자연의 흙으로 만든 옹기는 공기가 통하는 숨쉬는 항아리야. 간장, 된장, 고추장, 김치를 담는 그릇으로 많이 쓰였는데, 공기가 통하니 숙성도 자연스레 되어 발효식품이 발달하게 되었던 거야.

백련지, 홍련지 등 연꽃에 맞게 이름을 붙이기도 하고 나라 사랑하는 마음을 담아 한반도의 모습으로 연못을 만들기도 하고, 역사 속 이야기를 주제로 한 곳도 있어.

페리기념연못은 세계적인 연꽃 연구가 '페리 슬로컴'이 직접 개발해서 기증한 연꽃을 볼 수 있는 곳이야. 페리연못에는 돌거북 두 마리가 있고 연못 가운데는 돌탑과 작은 3층 석탑이 수북이 피어 있는 연꽃들과 조화를 이루고 있어.

빅토리아연못에 있는 수련은 잎과 꽃이 굉장히 크고 3일 동안만 피어서 아무 때나 볼 수가 없어. 잎과 꽃은 거대하다고 할 정도로 큰데, 꽃의 크기는 30~40cm나 되고 잎은 보통 지름이 1~2m로 자라고, 3m까지 자라기도 해. 아마존 강에서 발견해서 영국에서 전시하면서 알려지기 시작했는데, 빅토리아 여왕 즉위를 기념하여 빅토리아수련이

세미원에서 만날 수 있는 숲과 개울물

라고 부르게 된 거야.

세미원에서 세한정을 만나면 깜짝 놀랄 거야. 추사 김정희가 제주도 유배생활을 할 때 제자 이상적에게 그려준 세한도를 옮겨 놓은 모습이거든. 김정희가 제주도로 유배를 떠나자 모두 그의 곁을 떠났어. 김정희는 오직 책을 벗삼아 지내는 게 유일한 즐거움이었을 거야. 이때 제자 이상적이 사신으로 중국에 다녀오면서 온갖 책을 구해 김정희에게 보내주었단다. 김정희는 이상적의 의리를 생각하며 종이를 펴고 그림을 그리기 시작했어. 초라한 집 한 채와 겨울에도 색이 변하지 않는 소나무를 그리고, 추운 겨울이 되어서야 소나무가 시들지 않는다는 것을 알 수 있다는 뜻이 담겨 있는 '세한도'라는 제목을 쓰고, '장무상망(長毋相忘)'이라는 도장을 찍었단다. 장무상망은 오래도록 잊지 말자는 뜻인데, 이상적의 마음을 잊지 않겠다는 고마움의 표시일 거야.

세미원 끝에 가면 두물머리와 연결된 다리를 만나게 돼. 정조가 수원화성에 갈 때 한강을 지나가야 하는데 이때 설치한 주교를 본따서 이곳에 만든 거야. 아버지 사도세자의 무덤이 있는 화성으로 참배하러 갈 때 한강을 건너야 했단다. 이때 배를 연결해서 다리를 만들어 그 위를 건너가는 거야. 배를 연결해서 다리를 만들었다 해서 주교라고 하고 우리말로 배다리라고도 해. 아버지를 향한 정조의 마음도 생각해 보고, 살짝 흔들리는 다리를 건너면 재미도 있을 거야.

순수한 무지개를 피우는, 황순원문학촌 소나기마을

양평군 서종면 아늑한 시골 동네에 황순원문학촌 소나기마을이 있어. 교과서에 실린 황순원의 단편소설 '소나기'를 보면 이런 구절이 나와.

"어른들의 말이, 내일 소녀네가 양평읍으로 이사 간다는 것이었다. 거기 가서는 조그마한 가겟방을 보게 되리라는 것이었다. 소년은 저도 모르게 주머니 속 호두알을 만지작거리며, 한 손으로 수없이 갈꽃을 휘어 꺾고 있었다. 그날 밤, 소년은 자리에 누워서도 같은 생각뿐이었다."

소나기마을에 가면 이 구절이 생각날 거야.

23년 간 학생을 가르쳤던 경희대학교와 양평군이 협의하여 만

황순원문학촌 소나기마을에 있는 황순원문학관

소나기마을에는 소나기를 직접 만날 수 있다.

든 황순원문학촌 소나기마을은 딱딱한 문학관의 틀을 벗어나 소설 속으로 여행할 수 있도록 체험까지 곁들여 꾸민 곳이야. 일제강점기의 암울한 시기에도 우리말을 보석처럼 갈고 닦아 작품을 써내려갔고, 한국문학의 순수성을 지키려고 노력했어. 평생 삶의 방식도 원칙을 지키는 삶이었단다, 있을 자리와 할 말, 물러설 때와 취해야 할 행위에 망설임도 구김살도 없으셨던 삶을 산 작가로 평가받는 황순원의 작품 세계를 오롯이 느낄 수 있도록 만들었어.

소나기마을은 크게 황순원문학관과 황순원 선생 묘역, 그리고 소나기광장이 있고 숲길을 따라 산책할 수 있도록 되어 있어.

북녘에 고향을 둔 황순원은 어린 시절 내 고향을 빼닮았다며 양평을 자주 찾곤 했는데, 학창 시절 만나 결혼해서 평생을 함께 한 부인과 나란히 이곳에 잠들어 계셔.

소나기마을 광장에는 오전 11시부터 오후 4시까지 정각마다 소나기가 내려. 소나기니까 아주 잠깐 내리겠지. 시골 소년과 도시에 살았던 소녀의 풋풋한 감정을 담고 있는 단편소설 소나기를 느껴보면 어떨까. 맑은 날에는 무지개도 함께 뜨니까 꼭 볼 수 있으면 좋겠다.

고구려대장간마을을 가다

구리시_고구려대장간마을, 동구릉

고구려의 흔적을 찾아서, 고구려대장간마을

한반도의 허리에 위치한 한강은 삼국시대 때 나라의 운명을 가늠하는 잣대였어. 한반도의 중앙에 위치하고 있어서 전략적으로도 중요하고, 평야지대가 많아 농사도 잘되고, 교통이 편해 물건을 운반하기도 좋고 서해바다로 이어져 중국과의 교류도 쉬워져서 한강을 차지한 나라는 가장 먼저 발전할 수가 있었어.

475년 백제의 개로왕을 죽이고 한성백제를 멸망시키고 한강을 차지한 고구려는 한강 유역을 지키기 위해 서울 광진구와 경기도 구리시에 걸쳐 있는 아차산을 신라가 한강을 차지할 때까지 전략적 요충지로 삼았어. 백제는 쫓기듯 공주로 도읍지를 옮겨 다음 기회를 기다려야 했지.

고구려는 산 위에 군사 시설을 만들었어. 200~300m 되는 산 위에 400~500m 간격으로 보루를 배치하여 산 아래를 한눈에 내려다볼 수 있게 하였어. 동쪽으로는 풍납토성과 몽촌토성 등 한강 이남을 지켜보고, 북쪽으로는 중랑천과 왕숙천 일대를 볼 수 있게 약 20여 개의 보루를 설치한 거야.

특히 가장 북쪽에 위치한 아차산 4보루는 남쪽으로 내려오는 고구려군의 이동 통로를 확보하는 전초기지 역할과 한강을 건너 북쪽으로 진격하는 적군을 막기 위한 방어 역할을 하였어. 아차산 4보루 유적에서 건물이 있었던 장소, 물을 보관하던 장소, 물 빠지는 배수 시설, 온돌, 간이 대장간 등의 시설들을 찾아냈고 고구려 군사들이 사용한 토기들과 칼 같은 철기 등이 발견되었어.

이를 바탕으로 아차산 아래에 고구려대장간마을을 만들어 전시도 하고 아차산 보루에 대해 널리 알리고 직접 고구려 사람들이 살았을 마을을 만들어 체험할 수 있도록 했단다.

고구려대장간마을에서 바라본 아차산성.
이곳 어딘가에 개로왕의 시신이 있을까.

고구려대장간마을 박물관에 들어가면 아차산 보루를 발굴하고 조사한 내용을 전시하여 1500년 전 아차산에 주둔했던 고구려 군사들이 어떤 생활을 했는지 보여주고 있어.

고구려대장간마을에는 무기를 만든 대장간과 회의를 했던 장소인 거믈촌, 고구려 사람들의 생활 방식을 알 수 있게 지어놓은 연호개체, 광개토대왕이 어린시절 담덕으로 살면서 이렇게 살지 않았을까 생각해 보게 하는 담덕채 등으로 마을을 꾸며 놓았어.

고구려 대장간 기록은 찾아볼 수 없으나 아차산 4보루에서 간이 대장간 터가 발견되고 고구려 벽화에 등장하는 대장장이신을 참고해서 대장간을 만들었어. 대장간의 물레 크기가 지름 7m인 것을 보면 고구려 때 얼마나 무기를 잘 만들었을까 싶기도 해.

마을의 회의 장소로 만든 거믈촌은 벽면에 거북과 뱀이 서로 뒤엉켜 있는 모습의 현무를 그려 놓았어. 여러 가지 의미가 있지만

고구려대장간마을에 가면 고구려 사람들을 만날 것만 같다.

고구려가 북쪽에 있으니 현무를 놓는 것도 의미가 있을 거야.

대장간 맞은 편에 있는 연호개채에는 입식 생활을 했음을 알 수 있게 가구들이 배치되어 있어서 고구려의 신분 높은 사람들이 살았던 곳 같아.

고구려 평민들의 생활을 알고 싶으면 담덕채에 들르면 돼. 1층은 생활 공간이고, 2층은 침실로 되어 있어. 쪽구들을 놓아 추운 지방인 고구려에서 어떻게 난방을 했는지 짐작할 수 있단다. 쪽구들은 온돌을 한쪽에 두어 방의 일부분을 데우는 부분 난방 방식이야.

마을을 이곳저곳 다니다 보면 이곳에서 드라마와 영화를 촬영했다는 것을 알 수 있어. 철저한 고증을 통해 탄생한 고구려대장간마을이라 골목 곳곳에서 고구려 사람들이 뛰어나와 반길 것만 같아.

전쟁으로 남북으로 나뉘어 있어서 고구려의 유적지를 마음대로 가볼 수 없지만 아차산 유적지와 고구려대장간마을에서 고구려 군사들의 생활과 고구려 사람들이 어떻게 살았을지 알 수 있어서 다행이란 생각이 들어.

태조 이성계의 무덤이 있는, 동구릉

도성의 동쪽에 있는 아홉 개의 왕릉을 뜻하는 동구릉은 조선시대 왕릉 중 가장 크단다. 조선 왕실의 무덤은 〈국조오례의〉라는 왕실의 예법을 정해 놓은 책에 나오는 규정에 따라 만들게 되어 있어.

'궁궐에서 백 리를 넘어서지 않게 한다.'

백 리는 40km니까 한양의 궁궐에서 40km 안에 왕릉을 만들었던 거야. 예외가 있는데 폐위된 연산군과 광해군은 왕실 규범에 따를 수 없기 때문에 해당되지 않고, 단종의 경우 유배지에서 죽임을 당했기 때문에 단종의 무덤인 장릉은 강원도 영월에 있게 된 거야.

검악산 자락에 위치한 동구릉은 태조 이성계를 비롯해서 모두 일곱 명의 왕과 10명의 왕비와 후비의 무덤이 있는 곳이야.

조선의 1대 왕인 태조의 건원릉, 5대 문종과 현덕왕후의 현릉, 14대 선조와 의인왕후 · 인목왕후의 목릉, 16대 인조의 계비 장렬왕후의 휘릉, 18대 현종과 명성왕후의 숭릉, 20대 경종의 비 단의왕후의 혜릉, 21대 영조와 정순왕후의 원릉, 23대 순조의 세자인 추존왕 익종과 신정왕후의 수릉, 24대 헌종과 효현왕후 · 효정왕후의 경릉이 바로 동구릉에 있단다.

동구릉이라는 이름도 동오릉, 동칠릉 등 무덤의 개수에 따라 부르다가 철종 때에 익종의 수릉을 이곳에 모시면서 동구릉이라 부르게 된 거야. 넓은 숲에 만들어진 동구릉에 들어서서 앞으로 쭉 따라 올라가면 만날 수 있는 곳이 태조 이성계의 건원릉이야. 조선의 첫 번째 왕이 돌아가셨으니 고려의 왕릉을 참고했을 거야. 건원릉은 공민왕과 노국대장공주의 무덤인 현정릉을 참고해서 만들었고 조선 왕릉의 기준이 되었단다. 조선 왕조 500년 동안 상황에 따라 조금씩 다르지만 기본은 변하지 않았던 거지. 조선 왕릉이 유네스코 세계유산에 지정될 수 있었던 이유를 알겠지.

왕릉의 봉분에는 잔디를 심는데 건원릉은 억새를 심어서 까치머리처럼 수북이 올라온 모습이야. 이성계의 유언에 따라 고향인 함경도에서 캐온 억새를 심었다고 해. 지금은 한쪽에 억새를 심어서 교체할 때 쓰고 있어.

왕릉의 입구에는 홍살문을 세웠는데, 살아있는 곳과 죽음의 영역을 구분하여 성스러운 장소를 표시하고 있어. 왕의 능이 있는 언덕 아래에 정자각이 있는데, 홍살문에서 정자각까지 참도가 깔려 있단다. 정자각 옆에는 제사를 준비하는 수복청이 있고, 옆에 비각이 있는데, 그 안에는 이성계의 무덤을 표시한 표석과 신도비가 자리하고 있어. 신도비는 거북이가 비석을 받치고 있는 모습인데 비석 머리에 용 4마리가 감싸안고 있고 조선 건국 과정이 써 있어. 오랜 세월의 흔적을 느낄 수 있는 신도비는 유일하게 처음 세워졌을 때의 모습을 간직하고 있단다.

정자각 뒤쪽 언덕 위에 왕릉이 있는데, 여기에도 규칙이 있어. 봉분 아래에는 화강암으로 병풍처럼 둘렀다고 해서 병풍석이라 하고, 병풍석 바깥으로 돌로 된 난간으로 둥그렇게 둘렀어. 봉분 뒤에는 담으로 둘러쌌는데 곡장이라고 해. 곡장과 봉분 사이에

건원릉의 봉분에는 억새풀이 심어져 있다.

돌로 만든 호랑이와 양이 무덤 반대쪽을 향해 서서 무덤을 지키고 있어. 봉분 앞에는 왕의 혼령이 머문다는 혼유석과 무덤에 불을 밝혀 나쁜 기운을 쫓는다는 장명등이 놓여 있고 양쪽 끝에 망주석이 있어. 무덤 앞으로 신하의 예를 갖추고 서 있는 문인석과 늠름한 장군의 모습을 한 무인석 그리고 언제라도 타고 갈 수 있게 돌로 된 말이 뒤에 서 있단다.

왕이 있는 곳은 그곳이 죽음의 세계일지라도 마다하지 않고 신하들이 잘 모셔야 한다는 마음이 느껴져.

건원릉 동쪽 언덕에는 목릉이 있는데, 선조와 의인왕후, 그리고 계비 인목왕후의 무덤이야. 선조는 1608년에 세상을 떠났는데, 이때는 임진왜란과 정유재란을 겪고 난 후라 전쟁의 후유증이 끝나지 않았어. 나라도 힘들고 백성들도 힘든 때이니 석물들의 조각에 온 정성을 쏟기가 힘들었을 거야.

궁궐에서 벌어지는 왕실의 수많은 일들은 왕릉을 만드는 데도 영향을 끼치게 돼. 왕릉을 다니다 보면 사연 없는 무덤이 없고, 무덤 속 주인공들의 사연을 생각해 보면 똑같은 왕릉이지만 무덤이 달리 보이기도 해.

500년 조선 왕조의 왕릉은 규칙이 있고 기본이 있지만 왕실 이야기를 생각하면서 무덤을 보면 조금씩 드러나는 차이가 이해가 되고 무덤 속 주인공에 대해 좀더 생각하는 시간이 될 거야.

삼국시대 산성을 가다

하남시_이성산성, 하남 동사지

한강을 지키기 위해 성을 지켜라, 이성산성

10여 년 전부터 걷고 싶을 길을 만들어 편하게 걸으면서 주위 경치도 보고 역사 이야기도 듣고, 자연생태도 직접 보고 느낄 수 있게 만든 둘레길 투어가 있어. 산이 70%를 차지하고 있는 우리나라에서 주말에 편하게 흙길을 걸으며 산책도 하고 가볍게 등산도 할 수 있는 둘레길이 굉장히 많아.

하남에도 역사 유적지를 연결해서 둘레길 투어를 하도록 만든 곳이 여러 군데 있는데 그 코스에 있는 역사 유적지인 이성산성에 가볼까. 산성이라고 하니까 험준하고 힘든 산악 등반을 해야 하나 싶겠지만 주말마다 산책하기 딱 좋은 높이의 산에 삼국시대 산성이 남아 있단다.

하남 이성산성은 춘궁동 이성산 정상에서 남쪽으로 계곡을 끼고 감싸면서 돌로 성을 쌓은 산성이야. 성벽은 두 번에 걸쳐 만들어졌는데, 수직에 가깝게 쌓은 1차 성벽은 일정 기간 지나서 무너졌고, 이성산성을 차지하고 있던 사람들은 적의 침입에 대비하고 요새를 튼튼하게 만들기 위해서 다시 성벽을 쌓았어. 새롭게 만든 2차 성벽의 돌들은 마치 옥수수알 모양처럼 둥그스름하게 되도록 다듬었어. 성곽 돌의 끝은 좁고 길게 깎아 성벽을 만들 때 앞에 있는 돌과 뒤에 채우는 돌이 서로 빠지지 않고 물리도록 했단다.

이성산성으로 올라가다 보면 산 중턱에 저수지와 성벽의 유적을 볼 수 있어. 울타리로 보호하고 있는 저수지는 2차에 걸쳐 만들어졌는데, 산성 안에 있는 계곡 아래쪽을 막아서 물을 가두어 사용하였고, 2차 저수지는 1차 저수지를 만든 다음 사방에 석축을 쌓아 만들었는데, 안으로 조금씩 들여쌓는 방식으로 지었어.

성의 둘레는 약 1.9km인데 200여m 되는 높지 않은 산이라 가볍게 등산하듯 산에 올라 이성산성에 도착하면 시원한 바람이 불면서 뻥 뚫린 시야로 한강도 보이고 주변 도시가 한눈에 내려다보이는 게 경치가 너무 좋아. 강의 북쪽에서 쳐들어오는 적을 방어하기에는 아주 유리한 장소였을 거야.

이성산성은 처음 산성을 쌓은 사람들이 백제나 고구려 사람들이었을 거라는 이야기가 있지만 대체로 신라가 한강 유역을 차지하고 난 후 6세기 중반에서 8세기까지 사용했을 것으로 보고 있어. 이성산성은 삼국을 통일하던 시기에 신라의 중요한 군사 지역이고 뒤늦게 차지한 한강 유역에서 국가의례나 제사를 지내던 유적으로 보고 있기도 해.

한강을 차지하기 위해서, 차지한 한강을 빼앗기지 않으려고 삼국은 치열하게 싸웠어. 이성산성 역시 삼국이 놓치고 싶지 않은 장소였을 거야. 한강과 주변 도시가 한눈에 내려다보이는 이성산성은

이성산성에 올라가면 건물이 있던 터를 만날 수 있다.

고구려, 백제, 신라 모두에게 포기할 수 없는 지역이지.

이성산성 안의 유적지를 보면 산의 모양에 따라 구불구불 성곽을 두르고 동서남북으로 문을 만들었다는 것을 알 수 있어. 그리고 곳곳에 여러 형태의 삼국시대 건물이 있었는데, 장방형 건물이 여러 군데 있고, 8각형, 9각형, 12각형 형태의 건물도 있었어. 9각형 건물은 9라는 숫자가 완전무결함을 뜻하는 하늘의 숫자이기 때문에 하늘에 제사를 지내는 제단으로 볼 수 있고, 8각형 건물은 9각형 건물과 대칭되는 곳에 있고 8이 땅을 상징하는 숫자이기 때문에 땅의 신에게 제사지내는 사직단으로 볼 수 있지. 저수지가 두 군데 발견되어 산성 안에서 어떻게 물을 구했는지도 알 수 있단다.

하남시에서는 이성산성 AR실감관을 열었는데, 증강현실(AR) 기술로 박물관과 이성산성 유적지를 연결하는 실감콘텐츠 체험 공간이야. 하남역사박물관 앱을 다운받아서 설치하고 실행하면 박물관의 유물과 이성산성의 유적을 연결해서 만날 수가 있단다.

낚시터 옆에 자리한 고려시대 절터, 하남 동사지

하남 '춘궁동사지'는 이성산 남쪽에 있는 고골 저수지 옆의 야산 중턱에 위치한 절터야. 춘궁동 동사지로 불리던 곳으로 도로명주소가 하남시로 바뀌면서 지금은 '하남 동사지'로 부르고 있어. 차가 쌩쌩 다니는 큰 도로에서 옆으로 난 작은 도로로 들어가면 낚시터로 유명한 고골저수지가 나와. 주말만 되면 낚시하려는 사람들이 타고 온 차가 조용한 마을을 뒤덮고 있을 정도로 유명한 곳이야. 저수지를 빙 둘러 낚시 데크가 있어서 낚시도 하고 캠핑도 할 수 있게 되어 있어. 주변에 맛집도 많고 숯가마도 있으니 주말만 되면 시원한 숲속을 찾아 도심 속 힐링할 수 있는 곳을 찾아 고골저수지로 많은 사람들이 오고 있어.

고골저수지를 끼고 오래된 어두컴컴한 터널을 지나 텃밭을 끼고 조금만 가면 하남 동사지에 있는 두 탑을 만나게 될 거야. 대원사라는 작은 절 옆에 지금도 발굴 조사하느라 곳곳이 파져 있고 그 안에 두 탑이 듬직하게 서 있는 장소야.

삼국시대 이성산성이 앞쪽에 우뚝 솟아 있고, 한쪽에 춘궁동 마을이 자리하고 그 너머엔 남한산성이, 또 한쪽으로 언덕을 넘어 가면 암사동 선사주거지와 몽촌토성, 풍납토성으로 이어지는 삼국시대 유적이 즐비한 역사 속에 서 있으면 경주의 황룡사지가 떠올라.

1980년대 여러 번 발굴 조사를 하면서 '동사(桐寺)', '신유광주동사', '흥국삼년'이라는 글자가 새겨진 기와가 나와 학계에서 비상한 관심을 갖게 되었어. 많은 사람들이 이곳은 백제 시대 절이 있었을 거라고 생각해 왔거든. 그런데 기와에 새겨진 무늬와 기와의 질을 조사하면서 고려시대 초기의 것으로 생각하게 되었고 고려 광종 때부터 경종 때에 지어졌거나 수리해서 더 지은 것으로 추정하기도 해.

그리고 기와가 여러 개 나온 것을 보면 이곳에 '동사'라는 절이

하남 동사지에 있는 삼층석탑과 오층석탑. 지금도 발굴 조사가 이루어지고 있다.

있었다는 것을 알 수 있는데 동사지에서는 경주 황룡사 금당지에 맞먹는 거대한 크기의 금당 터가 발견되었어. 금당은 부처님을 모시는 법당을 말하는데 금당의 크기가 컸다는 것은 절의 규모도 크다는 뜻일 거야.

금당 외에도 건물이 있던 자리 4곳과 절터 가운데서 3층석탑과 5층석탑도 발견되었는데 모두 보물로 지정되었단다.

위례둘레길에서 만날 수 있는 하남 동사지는 화려하지도 않고 숲속 작은 절 옆에 덩그러니 서 있는 두 탑이 떡 버티고 서서 반기는 게 다지만 천 년 전 사람들의 마음을 위로하고 국가를 지키기 위해 부처님을 찾았던 절의 모습을 생각하면 작은 절에 누군가 쌓아놓은 돌탑도 소중하게 느껴져.

너른 고을에 펼쳐진
도자기와 숲의 세계

광주시_화담숲, 곤지암도자공원과 경기도자박물관

숲속 친구들과 정답게 이야기를 나누는, 화담숲

자연이라는 친구를 사귀면 어떨까. 친구와 함께 있으면 마음도 편해지고 이런 얘기 저런 얘기 하다 보면 근심 걱정은 사라지고 기분 좋은 마음만 남지. 자연은 항상 우리와 친구하려고 기다리고 있단다. 자연과 친구하고 있으면 소나무 친구가 뿜어내는 기운에 머리도 개운해지고, 진달래 철쭉 친구가 뽐내는 예쁜 모습에 웃음도 짓게 되고, 숲 친구가 만들어준 숲길을 따라 걷다 보면 이곳저곳에서 새 친구들이 이야기를 걸어오면 나도 모르게 휘파람으로 답을 할 때도 있어. 오늘은 자연 친구가 초대하는 화담숲으로 놀러 가보자.

화담숲은 경기도 광주에 있는 생태수목원이야. LG상록재단이 우리 숲의 생태계를 복원하기 위해 약 5만 평 넓이의 발이봉 산자락에 4,300여 종의 식물로 자연생태계 그대로의 숲을 만들었어.

화담숲의 화담(和談)은 '정답게 이야기를 나누다.'는 뜻으로 사람과 자연이 서로 친구할 수 있는 생태공원을 만든 거야. LG그룹 3대 회장인 구본무의 호를 따서 이름을 붙였는데, 숲 속 친구들과 함께 온 가족들과 정답게 이야기를 나누면서 산책해 보자.

계절에 따라 숲은 마법을 부리듯 여러 모습으로 변해. 추운 날씨에도 꿋꿋이 피어나는 하얀 꽃과 은은한 향기로 매화 향기가 가득한 탐매원과 진달래와 산철쭉, 그리고 다양한 철쭉들이 갖가지 꽃을 피우고 있어서 봄의 모습을 잘 보여주고, 여름에는 장미꽃과 수국, 반딧불이를 볼 수 있는 장미원, 수국원, 반딧불이원이

화담숲에는 수많은 꽃들과 나무가 심어져 있고, 자연과 생명을 모두 한 곳에 모아놓은 세계이다.

제격이야. 이끼원에는 소나무와 단풍나무의 시원한 그늘 아래 솔이끼, 비꼬리이끼 등이 살고 있고, 줄기의 껍질이 종이처럼 하얗게 벗겨지는 자작나무가 숲을 이루고 있는 자작나무 숲, 그리고 국내 최대의 소나무 정원은 1,300여 그루의 소나무가 어우러져 사시사철 소나무숲을 이루고 있어서 몸과 마음을 힐링할 수 있는 곳이니 언제 찾아도 알록달록 다양한 그림을 보여줄 거야.

화담숲에는 숲속 산책길 전체를 경사가 완만한 데크길로 만들어서 천천히 힘들지 않게 다닐 수가 있어. 들어가면 가장 먼저 반기는 것이 화담숲을 상징하는 커다란 소나무야. 많은 사람들이 여기서 사진을 찍느라 길게 줄이 서 있기도 해. 자연생태관은 우리나라 산과 강에서 사라져가고 있는 토종민물고기, 곤충 등을 전시한 정원인데 아기자기하고 재미있게 전시되어 있어서 꼭 들러 봐야 할 곳이야. 이곳은 우리가 지켜야 하는 우리 자연 생태의 소중함도 알려주고 체험도 할 수 있단다.

숲길을 산책하면서 시골마을에 있는 돌탑도 만나 소원도 빌고, 산 속 물레방아가 물줄기를 맞으며 돌고 있는 모습이 정겹기도 하고, 분재원에 들어가 구불구불 몸을 비틀며 서 있는 작은 나무분

재와 기암괴석을 축소해 놓은 듯한 수석들도 보고, 우리나라의 전통 담으로 이어진 길을 걸으며 고즈넉한 시골의 정취를 느껴 볼 수 있단다.

화담숲은 국립공원 관리공단과 함께 국내에 있는 멸종 위기종인 반딧불이, 원앙이 등의 생태복원을 위해 연구하고 있어. 그렇게 노력한 덕분인지 숲속을 산책하다 보면 친근한 도롱뇽, 고슴도치, 다람쥐 등을 마주치기도 해.

사람과 자연이 서로 떨어져 있으면 어떻게 될까. 숲이 망가지면 사람도 다치게 돼. 자연도 살리고 사람도 함께 살 수 있는 방법은 자연 친구와 함께 즐겁게 사는 거야.

왕실의 백자를 책임지다,
곤지암도자공원과 경기도자박물관

조선시대를 대표하는 그릇을 백자라고 해. 아무 무늬도 없는 하얀 달항아리, 하얀 바탕에 검은 색으로 무늬를 넣기도 하고, 하얀 바탕에 푸른 물감으로 나무, 꽃, 용 무늬 등을 그려 넣어 유명해진 청화백자까지 백자는 조선시대 500년 동안 사랑받아왔어.

이런 백자는 어디서 누가 만든 것일까. 그 흔적을 찾아 도자기 여행을 떠나보는 거야.

경기도 광주는 조선시대 왕실용 백자를 생산하던 곳이야. 경기도 광주 넓은 지역에는 조선시대 500여 년 동안 백자를 만들었던 분원가마터가 350여 군데에 흩어져 있어. 마을마다 왕실 그릇을 굽는 가마터가 있었던 거지. 이 가마터에는 왕실에서 쓰는 최고급 백자뿐만 아니라 궁궐에서 쓰는 다양한 그릇을 생산했다는 흔적이 남아 있단다. 한마디로 조선 백자의 보물창고인 거지.

궁궐 음식을 만드는 주방인 수라간에서 필요한 그릇을 사옹원에 얘기하면 사옹원은 그릇 만드는 공장이 있는 분원에 연락해서 백자를 만들어 오는 거야. 사옹원은 궁궐 음식과 관련된 모든 일을 맡아하는 곳이고, 왕실과 궁궐에서 필요로 하는 백자를 만들기 위해 설치된 공장, 즉 가마터가 있는 곳을 관요라고 해. 관요에서 만든 백자를 궁궐로 보내는 일을 담당하는 것은 사옹원 분원에서 하는 거야.

조선 초기에는 광주, 고령, 남원 등지에서 만든 백자를 분청사기와 함께 세금으로 받아서 사용했는데, 백자는 궁궐에서 행사가 있을 때나 왕이 신하에게 주는 선물, 그리고 외국 사신을 대접할 때 사용하면서 점점 많은 양이 필요했어. 품질 좋은 백자가 점점 많이 필요해지니까 세금으로만 받아서는 필요한 양을 채울 수가 없었어. 차질 없이 백자를 확보하기 위해서는 국가에서 직접 분원인 관요를 세우고 백자를 생산할 수밖에 없었던 거야.

그래서 궁궐에서 가깝고 땔감을 쉽게 구할 수 있는 나무가 많은 지역인 광주 땅에 나라에서 직접 백자를 만들고 굽는 관요인 사옹원 분원을 설치하였던 거야.

광주 주변에는 무갑산, 태화산, 앵자봉 등 나무가 울창한 산이 있어서 땔감을 구하기가 쉬웠을 뿐만 아니라 경안천이 남한강과 만나 한강으로 흐르기 때문에 한강을 이용해서 백자를 궁궐까지 운반하기도 편리했어.

분원이 한 장소를 정해서 백자를 만들기 시작한 후 약 10년 정도가 지나면 주변에 있는 나무를 모두 잘라 쓰게 돼. 나무는 금방 자라는 게 아니기 때문에 나무가 많은 곳으로 옮겨서 그릇을 만들어야 했어. 경기도 광주에 350여 개의 가마터가 흩어져 있는 이유는 이렇게 분원이 옮겨 다녀야 했기 때문인 거지.

그런데 분원을 10여 년마다 옮기다 보니 이동하는 데 비용도 많이 들고 화전민을 비롯한 광주 백성들이 불만이 계속 생기는 거야. 땔감 때문에 이동하는 건데 땔감만 구해진다면 한 군데에 있어도 되지 않을까 생각하게 되었어.

결국 조선 후기에 가면 분원을 더 이상 옮기지 않고 땔감을 다른 지역에서 공급받는 방법으로 해결하게 되었어. 분원을 한강 주변에 세우고 땔감은 한강 상류인 강원도와 충청도에서 뗏목으로 이동하게 한 거야. 분원이 더 이상 이동할 필요가 없어졌고, 오히려 점점 규모가 커지게 되었단다. 남종면 금사리에 분원이 설치되었다가 1752년에 분원리로 옮기고 땔감을 가져온 이후로는 1883년까지 약 130년 동안 옮기지 않고 운영되었지.

조선 백자와 관련해서 왕들은 어떤 역할을 했을까. 여기 세종과 영조에 대해 이야기해 볼게.

조선 초기의 세종 때는 고려말부터 사용하던 분청사기와 백자를 함께 사용하고 있었어. 세종은 전국에 있는 자기와 도기 가마의 상황을 조사하게 한 뒤 품격에 맞고 우수한 분청사기와 백자를 만들라고 했지. 〈용재총화〉라는 기록에 보면 세종 때 왕실 그릇

경기도자박물관 뒤에 있는 전통가마

으로는 백자만 사용했다고 기록되어 있단다. 고려시대에 쓰던 청자가 변화되어 고려 말부터 분청사기를 사용했으나 유교라는 새로운 정치를 펼친 조선에서는 그릇에서도 유교에 맞는 그릇을 사용하고 싶었을 거야. 하얀 도자기 위에 그림을 새로 그리듯 하얀 그릇인 백자를 쓰는 게 낫다고 생각했을 거야. 세종은 하얀 백자에 담긴 음식을 먹으면서 백성들을 위해 어떤 정치를 펼지 생각하지 않았을까.

한편 영조는 왕세제 시절에 궁중 음식을 맡고 있는 사옹원에서 자문역할을 하는 도제조를 지냈어. 그러다 보니 음식을 담는 그릇이나 왕실 그릇을 만드는 분원에 대해 관심을 갖고 살피게 되었지. 왕위에 오르기 전에는 분원백자를 빼돌리는 일이 생겨 이를 막기 위한 방법을 찾아내 시행하였단다. 영조는 글도 잘 쓰고 그림도 잘 그려서 직접 도자기의 밑그림을 그린 뒤 분원에 가서 구워 오라고 하기도 했지. 이렇게 왕실에서 관심을 갖고 있어서 영조 때는 분원자기의 품질이 더욱 좋아졌단다.

이렇게 조선시대 왕실용 백자를 생산하던 경기도 광주에 도자기 문화를 널리 알리기 위해 공원을 만들었어. 곤지암도자공원인데 넓은 지역에 경기도자박물관, 스페인 조각 공원, 엑스포 조각 공원, 삼리 구석기 유적이 있어서 역사도 배우고 문화도 체험하고 예술도 감상할 수 있는 곳이지.

경기도자박물관은 우리나라 그릇의 역사를 한눈에 볼 수 있게 하였고, 세계의 그릇에 대한 것도 전시되어 있어. 공원 안에는 모자이크 정원, 전통 공예원, 도자 체험 교실, 야외공연장이 있어서 다양한 체험을 할 수 있단다.

경기도자박물관 뒤편으로 가면 낮으막한 언덕에 전통가마를 설치해 놓았는데, 이 가마는 2001년 제1회 세계도자기엑스포를 열면서 이를 기념하여 설치한 거야. 아궁이에서 굴뚝까지 경사지게 계단식으로 한 칸씩 5칸을 연이어서 만들었는데, 우리나라 전통적인 가마를 재현해 놓은 거야. 총 길이는 14.3m이고 최대 넓이는 2.5m야. 언덕의 경사면을 활용하여 길게 만들어진 가마는 내화벽돌을 사용한 벽돌식 개량가마지.

그리고 곤지암도자공원 입구에서 좌회전하고 쭉 직진하면 메밀꽃밭이 보여. 광주의 새로운 관광명소로 알려진 참나무 언덕 꽃밭이야. 도토리가 열리는 나무를 참나무라고 하는데 이곳에 있는 건 상수리나무야. 야트막한 언덕에 넓게 펼쳐진 참나무 언덕 메밀꽃밭에는 큰 나무가 있고 빨간 우체통과 긴 나무벤치가 놓여 있어. 하얀 메밀꽃밭 위로 따스한 햇살이 내리쬐는 곳에 짙푸른 나무와 빨간 우체통을 배경으로 사진을 찍으면 드라마 한 장면을 연출하게 될 거야.

세계 도자 비엔날레가 열리다

이천시_이천 설봉공원, 경기도자미술관(세라피아)

세계 도자기 엑스포를 열다, 이천 설봉공원

경기도에서 도자기 하면 빼놓을 수 없는 도시가 광주, 여주, 그리고 이천이야. 오늘은 이천으로 도자기 여행을 떠나볼 거야.

이천에서는 설봉호수 옆에 만들어진 설봉공원에 도자기와 관련된 역사와 문화, 체험거리 등 모든 것이 모여 있단다. 소풍가는 기분으로 설봉공원으로 떠나볼까.

이천 설봉산 자락에 자리잡은 설봉공원은 설봉호수, 세라피아, 이천시립박물관, 국제조각공원, 시립월전미술관, 영월암, 공연장 등이 있어. 이외에도 야외에 조각들이 전시되어 있어서 주말 나들이하기에 좋은 곳이지.

세계 도자기 엑스포를 성공적으로 개최했던 이천은 그 중심 장소가 설봉공원이야. 시원하게 펼쳐진 호수를 산책하고, 도자미술관인 세라피아에서 도자기도 보고, 야외에 전시된 조각들을 보다 보면 영화에서 본 적이 있는 유럽의 어느 한적한 공원에서의 장면이 생각나는 곳, 자연과 문화, 예술, 그리고 역사를 감싸안고 세계 도자 비엔날레를 개최한 이천은 꼭 가봐야 할 장소야.

2001년에 처음 연 세계 도자기 엑스포를 시작으로 해마다 이천 도자기축제와 이천쌀문화제 등 여러 행사를 여는 곳이야. 설봉산과 설봉호수에서 불어오는 시원한 바람을 맞으며 휴식을 취할 수 있는 곳이기도 해.

설봉공원에서 가장 먼저 할 일은 설봉호수를 만나는 거야. 드넓은 호수의 잔잔하게 일렁이는 수면을 보면 거대한 기분좋은 침

묵이 나를 감싸는 기분이 들어.

1970년에 완공된 인공저수지인 설봉호는 '설봉저수지', '관고저수지'라고도 부르는데, 80m 높이로 물줄기를 쏘아 올리는 고사분수를 보면서 호수 둘레길을 걷는 것은 이천 사람들의 기분좋은 특혜인 것 같아. 얼마 전에 설봉폭포가 생겨서 또 하나의 볼거리가 늘었어. 설퐁폭포는 설봉공원 안에 있는 암절개면을 이용해서 만든 높이 10m, 폭 30m의 인공폭포란다. 잔잔한 호수와 달리 웅장한 폭포 소리에 전혀 다른 느낌이 들 거야. 호수 주위에 있는 설봉국제조각공원에서 예술가들이 빚어낸 조각 작품을 보기도 하고 호수 주변을 산책하기도 하면서 힐링의 시간을 가져 보자.

1998년에 '이천 국제 조각 심포지엄'에 참여한 작가들의 작품들을 전시하기 위해 만들어진 설봉국제조각공원에서는 수준 높은 조각작품 세계를 만나게 돼. 작품들과 함께 하나가 된 듯 느릿느릿 산책하면서 걷다 보면 호수가 있는 유럽의 어느 궁전을 산책하는 기분이 들 수도 있어. 해마다 여름이면 심포지엄이 열리고 멋진 작품들이 서로 경쟁하고 우수한 작품을 뽑아서 전시하니까 이곳은 자주 찾아도 색다른 매력을 계속 느끼게 될 거야.

이천세라피아(경기도자미술관)

이천세라피아는 경기도자미술관이라고도 하는데, 근처에 있는 시립박물관이 도자기의 역사에 초점을 맞춰 전시를 하고 있다면,

2021경기세계도자비엔날레가 열리고 있는 이천세라피아

이천세라피아는 도자의 오늘과 미래에 초점을 맞춰서 꾸며놓은 곳이야.

이곳은 처음에는 '이천 세계도자센터'로 출발했는데 10여 년 동안 세계 도자 비엔날레를 열면서 2011년 전시관이었던 도자센터와 행사를 진행하는 장소를 합해서 지금의 도자기 조형 테마파크를 만들게 된 거야. 세라피아(Cerapia)는 세라믹(ceramic)과 유토피아(Utopia)를 합해서 만든 단어인데, '도자로 만든 세상'이라는 뜻이야.

안으로 들어가면 세계 도자 예술이 어떻게 변화되어 왔는지 볼 수 있는 도자전문미술관이 있어. 예술가들이 창작활동에 집중할 수 있는 창작 공간과 방문객들이 다양하게 체험할 수 있는 체험시설이 복합적으로 이루어져 있단다.

2년마다 열리는 '세계 도자 비엔날레'는 이곳을 중심으로 열리고 있어. 이렇게 이천세라피아는 여러 기획전을 열기도 하고 세계적이고 현대적인 도자의 변화도 볼 수 있고 새로운 작가를 발굴하기도 해. 이천세라피아는 이제 세계 도자의 중심지에 서서 지휘하고 있는 곳이야.

밖으로 나가면 도예가들의 도자 가운데 오래된 재고나 하자가 있어서 팔 수 없는 B급 상품, 돈을 주고 버려야 하는 도자기 파편 등을 재활용해서 도자 테마파크를 만들었어. 벤치, 탁자, 건물 인테리어, 조형물 할 것 없이 대부분의 문화와 놀이, 편의 시설이 모두 도자로 만들어졌단다. 이곳에는 독특하게 도자 전문도서관 '만권당'과 복합 회의장소인 '만화당(imagefont話當)' 등 교육과 학술, 휴식 기능을 갖춘 복합적인 세계 도자 미술관인 '토야지움'도 있단다.

이렇게 이천이 세계 도자 비엔날레를 여는 등 중심적인 역할을 하게 만든 주제는 무엇일까. 바로 도자기야. 한국도자기는 어떻게 변화되어 왔는지 한번 볼게.

한반도에서는 약 10,000년 전 신석기시대에 처음으로 토기를 사용하기 시작했어. 그후 청동기시대를 거치면서 온도를 높여 굽는 기술을 발달시켰고 삼국시대에는 좀더 단단한 경질 토기를 완성시키더니 고려시대에는 중국의 청자 기술을 받아들여 우리만의 독특한 고려상감청자를 만들어냈고, 조선시대에 와서는 백자를 만들어서 우리만의 도자기를 만들게 되었어.

고려시대의 상감청자를 비롯한 고려청자를 본 중국 사신 서긍은 〈선화봉사고려도경〉이라는 책을 쓰면서 '청자는 고려의 비색

청자가 천하 제일이다.'라고 쓸 정도로 고려청자의 수준은 세계적이었어.

고려 말 청자는 분청사기로 업그레이된 후 조선백자로 이어졌지. 500년 동안 조선의 대표 그릇인 백자는 임진왜란 때 위기를 맞았단다. 임진왜란 때 일본으로 끌려간 도공들에 의해 일본의 도자기 기술이 발전하고 판도가 바뀌는 계기가 되었단다. 잠시 위축되었지만 영조 정조 때 다시 조선의 백자는 청화백자라는 고급 백자들을 만들었어.

일제강점기를 겪고 한국전쟁을 치르면서 어려움도 있었지만 한국의 도자기는 우리만의 전통을 잘 보존하고 있단다.

오늘날 도예가들은 도자기의 역사가 곳곳에 남아 있는 이곳으로 모여들기 시작했고, 작품활동을 활발하게 펼치고 있단다. 이제 이천은 전국에서 도예가들이 모여 자연스레 도자 마을을 만들게 된 거야. 이천에 약 420여 개의 공방에서 다양한 도자기 작품을 만들고 있지. 이천의 도예가들은 전통도예의 기법에 대해 꾸준히 연구하고 더 나은 방법을 찾는 열정과 예술혼을 태우고 있어.

이천세라피아에는 다양한 조각 작품들이 전시되어 있다.

조선을 품다

여주시_세종대왕릉, 신륵사, 명성황후생가, 목아박물관, 강천보

같은 이름 두 무덤, 세종대왕릉과 효종대왕릉

조선 왕릉은 조선시대의 왕과 왕비의 무덤이야. 여기에는 대한제국으로 국호를 바꿔서 황제가 된 고종과 순종의 무덤인 홍릉과 유릉도 포함돼. 조선 왕릉은 모두 42기인데, 북한에 있는 2기, 태조의 부인인 신의왕후 한씨 무덤인 제릉과 2대 왕인 정종과 정안왕후의 쌍릉인 후릉을 제외한 40기가 2009년 6월에 유네스코 세계유산으로 등재되었단다.

오늘은 백성을 위해 훈민정음을 만들어 배포한 세종의 무덤을 찾아가 보자.

경기도 여주에 가면 두 명의 왕이 묻혀 있는 왕릉을 만나게 돼. 세종의 무덤인 영릉(英陵)과 건너편에 있는 효종의 무덤인 영릉(寧陵)이야. 한글은 둘 다 음이 똑같은 영릉이어서 세종대왕릉이라고 부르기도 해.

세종대왕릉 영릉은 4대 임금 세종과 소헌왕후의 합장릉이야. 합장릉은 봉분이 하나로 되어 있고 무덤 속에 있는 방이 둘로 되어 있는 것을 말하는데, 봉분 앞에 혼유석이 두 개가 있는 것을 보면 알 수가 있단다. 봉분 주위에 병풍석을 두르지 않은 것은 세조의 유언에 따른 거야.

1446년(세종 28)에 세종의 비 소헌왕후가 돌아가시자 당시 광주의 헌릉 서쪽에 무덤방이 두 개인 무덤을 만들어서 왕비의 장례를 치렀어. 무덤방을 두 개 만든 것은 세종을 위해 미리 만들어 놓았던 거야. 그후 세종이 돌아가신 후에 합장을 했어. 그런데 세조 때에 세종대왕 무덤의 자리가 좋지 않다면서 무덤을 옮겨야 한다는 주장이 있었지만 실현되지 못했어. 예종이 왕이 된 후 1469년(예종 1)에 지금의 여주로 무덤을 옮긴 거야. 왕릉을 옮기는 것을 '천장'이라고 하는데 왕릉을 옮기면 원래 있던 무덤에 쓰인 상석, 망주석, 장명등, 문석인, 무석인, 석수, 신도비 등은 그 자리에 묻었단다.

세종대왕릉에서 옆으로 난 숲길을 따라 걸어가면 또 다른 영릉이 나와. 바로 17대 효종과 인선왕후의 무덤이야. 쌍릉이긴 한데 보통 봉분을 옆으로 나란히 두는데, 영릉은 독특하게 효종의 무덤과 인선왕후의 무덤이 상하로 놓여 있어. 이런 무덤을 언덕 하나에 상하로 무덤을 만들었다고 해서 동원상하릉이라고 해. 그리고 봉분 뒤로 곡장이라는 울타리를 치는데 집을 감싸고 있는 담이라고 보면 돼. 왕비의 무덤에 곡장이 없는 것은 두 무덤이 한 집에 있다는 뜻일 거야.

효종이 1659년(효종 10) 5월 4일 창덕궁 대조전에서 돌아가시자 건원릉 서쪽 산기슭에 무덤을 만들었어. 그런데 1673년(현종 14) 병풍석에 틈이 생겨 빗물이 스며들 수도 있다면서 무덤을 옮겨야 한다고 신하들이 주장했어. 그래서 지금의 위치에다 무덤 자리를 정하고 옮겨오려고 무덤을 열었더니 물이 스며든 흔적이 없는 거야. 무덤을 열었으니 그냥 둘 수는 없어서 무덤은 지금의 위치로 옮겼으나 옮기자고 주장한 사람들은 벌을 받아야 했단다.

왕릉 아래로 내려오면 야외에 세종대왕의 업적인 과학기구들이 전시되어 있고, 세종대왕역사문화관이 있는데 세종과 효종의 업

세종대왕릉은 솔숲이 뒤를 감싸고 앞이 탁 트여 시야가 시원하다.

적과 조선 왕릉에 대해 자세히 설명이 되어 있고 다양한 볼거리와 즐길거리로 꾸며져 있어.

세종은 32년 동안 왕위에 있으면서 정치, 사회, 경제 등에서 눈부신 업적을 쌓았고, 혼천의 등 천문 관측기구와 시간을 측정하는 해시계 앙부일구, 물시계 자격루를 만드는 등 과학과 문화의 전성기를 이루었어. 무엇보다 한글을 만들어 알린 것은 최고의 업적이야. 백성을 가르치는 바른 소리란 뜻의 훈민정음을 창제하여 백성들에게 알린 것은 백성들과 소통하기 위해서야. 중국 문자인 한자를 쓰다 보니 백성들은 읽을 수가 없어서 답답했거든. 그런데 28자의 글자로 모든 소리를 조합해서 쓸 수 있으니 백성들에겐 눈이 떠지는 기분이었을 거야.

유네스코가 세계 각국에서 글을 읽지도 쓰지도 못하는 사람들에게 글을 읽고 쓰게 하는 데 공헌한 사람이나 단체에게 상을 주는데 바로 세종대왕의 이름을 붙인 '세종대왕상'이야.

다음 전시실은 효종에 대한 전시실인데, 인조 때 소현세자가 죽자 동생인 봉림대군이 왕세자로 책봉되었다가 17대 왕이 됐어.

봉림대군은 병자호란 이후 소현세자와 함께 청나라에 볼모로 끌려갔다가 돌아오게 돼. 청나라의 기술을 받아들여야 한다는 소현세자와 아버지 인조의 갈등을 본 봉림대군은 왕위에 오른 후 청나라를 정벌한다는 북벌을 계획하면서 군사력을 키웠는데, 효종이 41세 때 갑자기 죽으면서 계획으로만 남게 되었단다.

효종 때 일화로 하멜 표류기가 있어. 네덜란드 사람인 하멜이 폭풍우를 만나 제주도에 표류하면서 하멜 일행은 1653년 8월 15일부터 1666년 9월 4일까지 13년 28일간 머무르게 되었고 나중에 본국으로 돌아갔을 때 조선에서의 생활을 자세히 기록으로 남겼는데 이게 〈하멜 표류기〉야. 이 책은 조선이라는 나라를 유럽에 소개한 최초의 책이란다.

벽돌로 탑을 쌓았다구요? 신륵사

여주박물관을 지나 한강을 끼고 안으로 들어가면 커다란 절을 만나게 돼. 경치가 아름답고 많은 유물과 유적을 간직하고 있는 신륵사라는 절이란다. 신라 때 원효대사가 지었다고 하지만 확실하지 않고, 고려 말 우왕 때 나옹대사가 이곳에서 돌아가셔서 유명한 절이 되었어.

신륵사에서 빼놓지 않고 봐야 할 것은 '신륵사 다층전탑'이야. 한강을 아래로 굽어보면서 강 건너 멀리 평야를 마주하고 있는 경치 좋은 바위 위에 이 전탑이 세워져 있어. 벽돌로 쌓은 탑이 있는 절이라고 해서 신륵사를 '벽절'이라고 부르기도 했는데, 바로 '신륵사 다층전탑' 때문이야.

어떤 탑이길래 이런 별명까지 붙은 걸까.

흙을 빚어 만든 벽돌로 쌓은 신륵사 다층전탑.

우리나라의 탑은 주로 돌로 만든 석탑이 많아. 다보탑, 석가탑도 모두 돌로 만든 탑이라 석탑이라고 부르는 거야. 그런데 탑은 석탑만 있는 게 아니라 재료를 뭐로 하느냐에 따라서 다르게 불러. 나무로 탑을 쌓으면 목탑이고, 흙을 네모난 모양으로 만들어서 구운 벽돌로 탑을 쌓으면 전탑이라고 해. 벽돌을 쌓아 만든 전탑이 많지 않기 때문에 아주 귀한 탑이란다.

한때는 세종대왕 무덤인 영릉을 지키고 관리하는 절이었기 때문에 보은사라고도 불렀는데, 지금처럼 신륵사로 부르게 된 데는 몇 가지 이야기가 있어.

하나는 '미륵(나옹대사를 말함)이, 또는 혜근이 신기한 굴레로 용마를 막았다.'는 것이고, 다른 하나는 '고려 고종 때 건너 마을에서 용마가 나타났는데 어찌나 사나운지 사람들이 잡을 수가 없었대. 그때 인당대사가 나서서 고삐를 잡자 말이 순해졌다고 해서 신력(불가사이한 부처의 힘)으로 말을 제압하였다고 해사 신륵사라고 했다.'는 거야.

나라가 수없이 바뀌고, 수많은 스님들이 이곳을 거쳐가고, 왕실을 지키기도 하면서 묵묵히 한강을 바라보고 있는 신륵사에는 수많은 보물들이 있단다.

지금은 많은 사람들이 찾는 관광지가 되었지만 신륵사는 지금도 많은 사람들의 아픔을 안아주고 들어주고 있을 거야. 탑을 돌며 간절하게 기도하는 사람의 마음도 헤아려주고, 법당 안에 들어가 기도하는 사람의 마음도 보듬어 줄 거야. 한강이 묵묵히 흘러가는 것처럼 신륵사는 그렇게 사람들 곁에 항상 있단다.

조선의 왕비가 태어나고 자란 곳, 명성황후생가

영동고속도로에서 여주IC로 나와 한강이 있는 쪽으로 가다 보면 명성황후생가가 있는 공원에 도착할 거야.

넓은 공원에 아름답게 정원이 만들어져 있고, 안쪽에 위치한 명성황후생가와 바깥쪽에 위치한 인현왕후와 명성황후의 손길이 닿은 감고당, 그리고 명성황후의 편지 등 유물을 전시한 명성황후기념관이 있어.

이곳은 조선 26대 왕인 고종의 왕비로 개화의 바람이 불 때 1985년 10월 8일 경복궁 안쪽 건청궁 옥호루에서 일본의 낭인들 손에 시해를 당하여 목숨을 잃은 명성황후가 태어나 8살까지 어린 시절을 보낸 곳이야.

당시 건물로 남아 있는 것은 안채뿐이었어. 두 차례에 걸쳐 복원하면서 행랑채와 사랑채, 별당채 등을 세웠어.

생가 옆에는 '명성황후탄강구리'(명성황후가 태어난 옛 마을)라고 새겨진 비석이 있는데, 명성황후가 어렸을 때 공부했다는 방이 있었던 자리에 세운 거야. 명성황후생가는 그리 크지 않은 아담한 규모지만 조선 중기 살림집의 모습을 잘 보여주고 있단다.

명성황후생가 맞은편에 위치한 명성황후 기념관은 역사를 바로 세우려고 건립한 기념관이야. 전시실에는 명성황후와 고종의 영정 등을 비롯해서 관련 자료들이 전시되어 있어. 명성황후가 사용하던 도장도 있고, 고종과 결혼식할 때의 모습과 을미사변 후 명성황후 국장에 대한 것도 있지.

감고당은 조선의 두 왕비가 머물렀던 건물이야. 숙종의 두 번째 왕비인 인현왕후가 장희빈과의 갈등으로 물러났다가 다시 궁으로 들어갈 때까지 5년 동안 살았던 곳이고, 명성황후가 8살 때 여주에서 한양으로 올라가 왕비가 되기 전까지 살았던 곳이야.

감고당으로 불리기 시작한 것은 1761년 영조가 효성이 지극했던 인현왕후를 기려서 '감고당'이란 편액을 하사한 후부터야. 원래는 서울시 종로구 안국동 덕성여고 본관 서쪽에 있었는데 1966년 도봉구 쌍문동으로 옮겨졌다가 쌍문고등학교가 신축하게 되어 철

명성황후생가. 생가 옆에는 탄강구리비석이 있다.

거될 위기에 처하자 2004년에 여주시가 인수하여 지금의 위치로 옮겼어. 여러 번 수리하고 옮기면서 감고당의 본래 모습이 변형됐지만 조선시대 사대부 집안의 모습을 보여주고 있단다.

부처의 미소를 닮은 평화로운 정원, 목아박물관

강천보가 있는 경기도 여주시 강천면에 가면 목조각과 불교조각에 푹 빠져들 수 있는 박물관이 있어. 마치 작은 절에 온 듯한 느낌이 드는 곳인데 바로 목아박물관이야. 작은 숲을 이루고 있는 고즈넉한 정원에는 조각과 나무와 호수가 어우러져 전통과 현대가 만나 이국적인 분위기를 느끼기도 해.

목각공예가인 목아 박찬수 관장이 제작하고 수집한 불교 목조각과 유물을 보면서 위로를 받고 평안을 느낄 수 있는 곳이야. 이제 나무조각이 펼쳐놓은 마법의 세계로 여행을 떠나보자.

목아박물관은 보물 3점을 포함해서 6만여 점의 유물을 소장하고 있고 다양한 문화활동을 하는 곳이란다.

'죽은 나무에 싹을 틔어 새 생명을 불어넣는다.'는 뜻의 목아는 나무 목(木), 싹 아(芽)로 박찬수의 호를 딴 거야.

박물관 앞에 '맞이문'이라고 써 있는 대문으로 들어가면 야외조각정원에는 조각 작품들이 가득해. 사천왕문을 '마음의 문', 대웅전을 '큰말씀의 집'이라고 한글로 쓴 것이 눈에 띄어. 명부전을 '사후재판소'라고 한 것과 화장실을 '비우소'라고 한 걸 보면서 어떤 곳인지 쉽게 알 수 있단다. 어쩜 이렇게 맛깔스럽게 한글이름을 지었을까 싶어.

목아박물관은 목공예의 모든 것을 만날 수 있다.

박찬수 관장은 국내에서 대표적인 목조각 장인이면서도 한글쓰기 문화를 널리 알리는 일에 앞장서고 있단다. 해마다 한글날에는 '한글섬김전'이라는 전시를 하기도 해. 여러 작가들이 참여해서 다양한 전시를 하는데 많은 인기를 끌고 있단다.

박물관에 들어서면 중앙 앞쪽과 좌우로 원추형 계단을 두어 불교 세계를 나타내려고 하였고, 전체적으로는 인도의 석굴사원을 본따서 불교의 전통과 현대화의 조화를 이루려고 하였지.

야외 조각공원에는 단군신화와 관련된 조각상을 모아 놓은 곳과 500개의 나한상이 있는 집, 그리고 전통양식에 머물지 않고 현대적 감각이 돋보이는 부처의 모습과 하늘교회 안에 직접 만든 예수님상 등 다채로운 대형 조각 작품들을 볼 수가 있어.

박물관으로 들어가 엘리베이터를 타고 3층으로 가면 목조각전시실이 있단다. 이곳은 작가가 40여 년 동안 조각한 작품 중 대표작품들을 전시하고 있어. 국보 78호인 금동미륵보살반가사유상을 목조각한 작품을 비롯해서 팔상도, 아미타삼존불 등 목조각의 아름다움을 마음껏 감상할 수 있는 곳이야. 2층에는 30여 년 동안 모은 불교 관련 유물이 자리하고 있어. 불교 소품, 불교 조각, 불교 공예를 위한 도구 등이 전시되어 있어서 마치 절에 온 듯한 느낌이 들기도 해.

지하1층과 지상1층은 주로 기획전시와 유물 교체 전시가 이뤄지는 곳이야. 올해는 석가모니와 나한전 전시를 하고 있어. 석가모니의 고행하는 모습을 조각한 작품 앞에서는 그 고통을 승화시키는 부처의 힘은 뭘까 잠시 생각해 보기도 해. 500나한에 대한 이야기와 함께 다양한 나한의 모습을 조각하여 전시했는데, 그 모습 하나하나가 다른 모습으로, 다양한 표정을 볼 수가 있단다. 나무조각의 묘미를 보는 것 같아.

나무로 조각한 작품을 만날 수 있는 목아박물관은 딱딱하고 어려운 곳이 아니라 놀고 쉬면서 자연스럽게 전통 문화를 느끼고 추억을 만드는 장소란다.

남한강 투어의 중심지로 떠오른, 강천보

목아박물관에서 한강쪽으로 가면 4대강 정비사업으로 남한강에 설치된 강천보가 있어. 경기도 여주시 강천면과 단현동을 연결하는 보야.

보는 둑 같은 구조물인데, 하천에서 농사지을 물을 수로에 끌어들이려고 하천에 보를 설치해서 물을 가두어 수위를 높이는 역할을 하는 거야.

강천보는 여주시 일대에 농업용수와 상수도를 확보하기 위한 목적으로 설치하였는데, 수문이 회전하면서 열고 닫히는 구조로

강천보가 보이고, 그 옆으로 자전거길이 시원하게 뚫려 있다.

수위 조절을 하고 있어. 4대강 정비사업의 하나로 2009년 11월에 착공하여 2011년 10월 15일에 공개되었어. 강천보의 길이는 440m이고 높이는 8m야. 수문은 7개가 설치되어 있단다.

보의 왼쪽에는 작은 수력발전소가 설치되어 있는데, 발전용량은 4,995kw야. 근처에 한강통합운영센터가 있어서 남한강에 설치된 강천보, 여주보, 이포보를 관리하고 있어. 강천보가 한강통합물관리센터의 역할을 하는 거야.

강천보의 왼쪽 마당에는 황포돛배의 모습으로 세운 한강문화관이 있는데, 한강의 수로와 역사와 문화에 대해 소개하고 있고, 11층에 해당하는 39m 높이의 전망타워에 오르면 강천보와 남한강의 경치를 한눈에 볼 수 있어.

특히 물빛누리로 이름 지어진 보의 야간조명은 시간대별, 계절별로 각기 다른 분위기를 연출해서 색다른 볼거리를 주고 있단다. 강천보 주변은 자생수목을 활용한 자연공원으로 되어 있어서 근처에 있는 습지와 함께 생태학습 장소이기도 해.

2부

평화의 시대를 품다

한강 하구에서
사람과 역사를 만나다

김포시_대명항, 김포함상공원, 장릉

시끌벅적 살아 숨쉬는, 대명항

많은 사람들에게 대명포구로 불리던 대명항은 경기도 김포시 대곶면 대명리에 있는 어항으로, 대명포라고도 해. 김포시에서 직접 관리하는데 바다를 사이에 두고 강화도와 마주하고 있고, 강화도와 초지대교로 연결되어 있어. 초지대교를 건너면 역사 유적지인 초지진으로 갈 수도 있단다.

김포의 유일한 항구인데 서울에서 가깝다 보니 주말이 되면 많은 사람들이 대명항을 찾곤 해. 비릿한 냄새와 소금기가 확 느껴지는 대명항에는 사람들의 발길을 잡으려는 횟집이 가득하고 어시장에서 펄떡거리는 물고기를 보며 신나하는 사람들을 보면서 아, 이곳이 삶의 현장이구나 라는 생각이 들기도 해.

대명포구 간판이 보이는 곳에 들어서는 순간 차는 기어서 가고 조금이라도 자리가 난다 싶으면 바로 주차를 하려고 주차전쟁이 벌어지는데, 어느 누구 하나 짜증내는 사람 없고 이것도 즐거운 일인 양 모두 해맑은 모습들이야.

강화해협을 사이로 강화도와 마주하고 있는 대명항은 아름다운 바다경치의 정취를 마음껏 즐길 수 있고, 어촌에서 볼 수 있는 정겨움이 가득한 곳이야. 대명항 어시장 바로 옆에는 김포함상공원이 있어서 가족들이 많이 놀러 온단다. 대명항은 규모는 크지 않지만 어시장과 어판장에서 꽃게, 대하, 주꾸미, 농어, 숭

대명항 어시장에서 손님들의 손길을 기다리는 새우젓

시끌벅적한 어시장과 달리 대명포구는 배들이 아직 들어오지 않아 고즈넉한 모습이다.

어를 팔고 김장철을 앞두고 김장용 새우젓과 멸치젓을 사려고 서울 등지에서 즐겨 찾는 곳이야. 주변에는 역사의 현장인 덕포진과 덕포진교육박물관, 천연 미네랄 라듐천인 약암온천 등이 있어서 아이들을 데리고 가족들이 많이 오는 곳이야.

해군 군함에 오르다, 김포함상공원

주말에 어른들은 바다도 보고 회도 먹고, 아이들은 해군 군함을 타볼 수 있는 곳이 있어. 바로 경기도 김포시 대곶면 대명리 해안가에 있는 김포함상공원이야.

1944년에 전차상륙함(LST-1010)으로 만들어서 2006년까지 대한민국 해군에 소속되어 바다를 누비며 활동했던 군함인 LST-671운봉함을 전시관으로 개조하여 만든 거야. 운봉함은 2006년 해군에서 공식으로 퇴역하고 해군본부에서 김포시에 운봉함을 기증하면서 아이들의 사랑을 받는 멋진 전시관으로 탈바꿈했어.

운봉함은 미국 메사추세츠주 퀸시에서 만들어진 후에 2차세계

김포함상공원에 있는 운봉함 전시관 내부. 군함에 타볼 수도 있고, 군함에 대한 것을 잘 알 수 있다.

대전, 한국전쟁, 베트남전쟁에 참전하였어. 1955년에 대한민국 해군에 인계되었고 대한민국 해군의 주력함으로 활동했단다. 지금은 멋진 모습으로 함상공원 및 전시관으로 개조하여 사람들이 마음대로 해군 군함을 탈 수도 있고 체험할 수도 있게 된 거야. 함선 하갑판은 전시관이 설치되어 해병대원의 장비나 각국 해군 전력 등의 전시물 및 승조원식당 등이 남아 있고, 상갑판에는 옛 함장실을 비롯해 승조원침실, 사관실 등이 있고, 설비와 함교의 장비도 볼 수 있어. 군대를 갔다온 특히 해군을 다녀온 남자들은 그다지 감탄을 하지 않을 수도 있지만 엄마나 아이들은 별천지에 온 느낌을 받을 거야.

공원으로 만들어진 야외공원에는 해군 항공기(S-2 트래커 해상초계기), 해병대 상륙장갑차 등이 전시되어 있어서 아이들이 신나게 구경할 수 있어.

죽어서 왕이 되다, 장릉

김포에 있는 조선 왕릉은 살아서는 왕이 된 적이 없지만 아들인 인조가 왕위에 올라 죽은 후 왕이 된 인조의 아버지 정원군의 무덤인 장릉이야. 장릉은 추존된 원종과 인헌왕후 구씨의 무덤이야. 같은 언덕에 왕과 왕비의 봉분을 나란히 만든 쌍릉 형식으로 정자각에서 바라보았을 때 왼쪽이 원종, 오른쪽이 인헌왕후의 무덤이야.

1619년(광해군 11)에 선조의 5번째 아들인 정원군(원종)이 세상을 떠나자 양주에 무덤을 만들고 흥경원이라 불렀어. 1623년에 능양군이 인조반정을 일으켜 광해군을 내쫓고 왕위에 올라 인조가 되었어. 인조는 왕이 되자 아버지 정원군을 정원대원군으로 올리고, 어머니 구씨를 '연주부부인'으로 올린 뒤 어머니에게 광해군이 왕자 시절에 살았던 이현궁을 드리고, 이름을 계운궁으로 바꿨어. 1626년(인조 4)에 어머니 계운궁 연주부부인(인헌왕후)이 세상을 떠나자 김포에 무덤을 만들고 육경원이라 하였어. 남양주 흥경원에 묻혀 있는 정원대원군의 무덤을 육경원으로 옮기면서 흥경원이라고 이름을 고쳤다가, 1632년(인조 10)에 정원대원군이 원종으로 추존되면서 무덤 이름을 장릉으로 바꾼 거야.

선조의 다섯째 아들로 태어난 정원군은 아들의 죽음으로 가슴에 한이 맺힌 사람이야. 정원군은 어린 시절 선조의 사랑을 받고 자랐지만 선조의 둘째 아들인 광해군이 왕위에 올랐어. 정원군의 집은 지금의 서울 새문안에 있었는데, 이 집에 왕의 기운이 서려

왕이 아니었지만 아들이 왕이 되어 죽어서 왕이 된 정원대원군 무덤, 장릉

있다는 얘기를 들은 광해군이 이를 빼앗고 궁궐을 짓게 했어. 이 궁궐이 경덕궁이고 지금의 경희궁이야. 그리고 정원군에게는 아들 능창군이 있었는데 왕이 되려 한다는 역모사건에 휘말려 강화도로 유배당하고 말았어. 얼마 지나지 않아 능창군이 유배지에서 자결하였다는 소식을 들은 정원군은 화병이 생겨 술로 마음을 달래며 살다가 세상을 떠났단다. 세자도 된 적 없고 집도 빼앗기고, 아들이 역모사건에 휘말려 술로 살다가 39살에 죽었지만 장남인 능양군(인조)이 왕위에 오르면서 정원군에서 정원대원군으로, 정원대원군에서 원종으로 신분이 상승되어 조선 왕릉에 묻히게 되었던 거야.

장릉을 비롯한 조선 왕릉은 역사와 문화, 가치관이 인정받아 유네스코에서 세계유산으로 지정하였어. 인류를 위해 보호해야 할 보편적 가치가 있다고 인정한 자연이나 문화를 보존하기 위해 유네스코가 세계유산으로 지정하고 있는데, 조선 왕릉이 여기에 맞아서 세계유산이 되었단다. 우리는 이를 잘 지키고 보존해서 후세에 전해주는 노력을 해야겠지. 그런데 요즘 김포 장릉 주변에 신도시가 생기면서 아파트가 장릉보다 높게 지어져 장릉의 문화적 가치를 해치는 일이 발생했어. 해결책을 찾아 노력중이지만 쉽지 않아 보여. 문화재를 발굴하고 찾아내는 것도 중요하지만 이를 지켜내는 것도 매우 중요하단다. 지혜를 발휘해서 현명한 해결책을 찾아야 할 때인 것 같아.

아즈텍, 마야, 잉카를 만나다

고양시_중남미문화원, 서삼릉, 행주산성

지구 반대편의 세계를 옮겨오다, 중남미문화원

마음만 먹으면 언제든 여행을 떠날 수 있을까. 당연하다고 생각한 일들이 코로나라는 바이러스를 만나면서 바뀌었지. 특히 해외여행은 꿈도 못 꾸는 세상으로 만들어버렸단다. 코로나가 끝나고 자유롭게 여행 다닐 수 있는 날이 머지 않았을 거야.

오늘은 지구 반대편에 있는 중남미에 있는 나라들로 여행을 떠나볼 거야. 비행기를 타지 않아도 중남미 문화를 마음껏 즐길 수 있는 곳이 있단다. 고양시에 있는 중남미문화원으로 출발해 볼까.

중남미문화원은 30여 년간 외교관으로 있으면서 중남미 지역에서 일한 이복형 멕시코대사가 은퇴 후에 40여 년에 걸쳐 수집한 중남미 관련 유물과 미술, 조각 작품들을 전시한 곳이야.

세계 인구의 15%가 중남미 지역에 살고 천연자원이 풍부한 이곳에 10만 명 넘는 우리 국민이 살고 있단다. 중남미(Latin America and the Caribbean)는 아메리카 대륙에서 미국과 캐나다를 뺀 나머지, 즉 중앙아메리카, 카리브 및 남아메리카 지역을 말해. 중남미 대륙은 한반도의 94배 정도 되고, 33개 독립국(멕시코, 중미 7개국, 남미 12개국, 카리브 13개국)과 남아메리카 북동부와 카리브해의 영국, 미국, 프랑스, 네덜란드령 식민지로 이루어져 있는데 약 6억 4천만 명의 인구가 살고 있단다.

중남미를 '라틴아메리카'라고도 부르는데 북미 지역을 '앵글로-색슨 아메리카'라고 부르면서, 라틴 문화권을 강조하기 위한 표현으로 시작된 거야. 하지만 이 지역에는 영어와 네덜란드어를 사용하는 나라들도 있어서 '라틴아메리카와 카리브국가(Latin America and the Caribbean Countries)'가 공식적인 명칭이야.

중남미문화원으로 들어서는 순간 아, 영화 속으로 들어왔구나 하는 생각이 들어. 중남미 분위기가 물씬 풍기면서 마야문명, 잉카문명, 아즈텍문명의 세계로 빨려 들어가는 기분을 느낄 거야.

중앙에 있는 분수대가 가장 눈에 띄고, 사방에는 성화와 조각품들이 놓여 있고, 그랜드 피아노까지 있어서 중남미의 어느 대저택에 초대받아 온 것 같아. 중남미 문화에서 가장 중요시되는 것이 태양인데, 천장에 나무로 조각한 태양상을 볼 수 있어.

작은 전시관들을 지나다 보면 신석기시대부터 현대까지의 중남미 문화가 파노라마처럼 펼쳐질 거야.

멕시코와 페루에 살던 인디오들, 마야, 아즈텍, 잉카문명의 흔적이 남아 있는데 생활 용기로 쓰던 토기, 종교의식 때 사용하던

중남미문화원 야외공원에 펼쳐진 조각작품

토기, 장식품으로 사용되었던 토기들을 볼 수 있어.

콜럼버스가 아메리카 대륙에 건너가서 처음으로 만난 원주민으로 알려진 타이노족이 사용하던 나무 의자와 타이노 사람의 모양을 한 돌 조각을 보면 마음이 찡하고 뭉클해져. 이들은 스페인 정복자들에 의해 멸족되었는데, 유럽인들을 통해 들어온 전염병과 전쟁을 치르면서 지구상에서 사라졌단다.

3전시관에는 중남미 사람들이 썼던 가면들이 다 모여 있는 것 같아. 중남미 사람들에게 가면은 중요한 역할을 했어. 새로운 영혼과 만날 때 또는 현실을 벗어나는 수단으로 가면을 사용했어. 토토낙 원주민들은 가면으로 얼굴을 덮으면 자유로운 영혼이 되어 새로운 영혼과 만난다고 믿었거든. 가면 문화는 현대까지 이어져서 다양한 색채의 가면들을 쓰고 축제, 카니발, 종교의식을 하곤 해. 가면 하나하나 보면서 마음에 드는 가면을 찾아보면 재미있을 거야.

중앙홀에서 계단을 올라가면 근대 이후 중남미 문화를 볼 수 있어. 구리를 이용한 생활용품과 장식품과 타자기, 원두 분쇄기 등

마야 벽화의 모습

이 전시되어 있단다.

중남미문화원 뒤쪽에 조각공원이 있는데, 조각 작품들을 오솔길을 걷다가도 만나고, 언덕 위에서도 만나고 숲 속에서도 만날 수 있단다. 걸작은 숲길을 따라 끝까지 가면 만나게 되는 마야 벽화야. 가로 25m, 세로 5m의 도자로 만든 대형도자벽화인데, 아즈텍 제사연력과 기호, 마야의 상형문자와 벽화, 피라미드 속의 생활풍속이 담긴 유물을 기본으로 해서 만들었어. 데칼코마니처럼 두 개가 맞붙어 있는데 태양의 돌이 눈에 띄어. 워낙 큰 벽화라 가까이서 다양하게 그려진 것들을 찾아보면 재미있을 거야.

신분에 따라 무덤 이름도 다르다, 서삼릉

세상의 권력을 쥐고 최상의 생활을 할 수 있는 궁궐에서 사는 왕과 왕비는 행복할까. 이런 생각 해 본 적 있니? 드라마에 보면 화려한 생활을 하고 손가락만 까딱 해도 옆에서 알아서 해주는 것 같은 왕실 생활은 과연 행복하기만 할까. 조선 왕릉을 찾아 무덤 속 주인공들의 삶을 들여다보면 마냥 행복하지만은 않았을 거란 생각이 들어.

오늘은 고양시에 있는 서삼릉에 가볼 거야. 과연 여기에는 어떤 사연을 가진 왕실 사람들이 묻혀 있을까.

고양시에 있는 서삼릉에는 조선 11대 임금인 중종의 계비 장경왕후의 무덤인 희릉과 12대 왕인 인종과 인성왕후의 무덤인 효릉, 25대 철종과 철인왕후의 예릉이 모여 있어. 그리고 인조의 첫째 아들인 소현세자의 무덤인 소경원, 사도세자의 첫째 아들인 의소세손의 무덤인 의령원과 정조의 첫째 아들인 문효세자의 무덤인 효창원도 있어. 그 외에 성종의 폐비이자 연산군의 엄마인 폐비 윤씨의 무덤인 회묘, 소현세자의 두 아들의 무덤인 경선군묘, 경완군묘, 그리고 공주와 왕자의 무덤들도 있고, 후궁들의 무덤과 왕실 아기들의 태를 봉안하고 표석을 세운 태실도 이곳에 있단다.

서삼릉에는 왜 이렇게 많은 무덤이 모여 있는 걸까.

무덤도 신분에 따라 이름이 붙는데, 왕의 무덤은 '능', 공주나 왕자 등의 무덤은 '원', 후궁의 무덤이나 나머지는 '묘'라고 해. 소현세자 무덤과 의손세손의 무덤은 고종 때 신분을 올려서 '원'으로 이름을 붙인 것이고, 문효세자의 무덤인 효창원은 서울 효창공원 자리에 '효창묘'라고 있었는데, 고종 때 원으로 되었고, 일제강점기 때 일본 군대의 숙영지로 삼기도 하고 골프장으로 쓰기도 하다가 문효세자 무덤을 서삼릉으로 옮기게 된 거야.

서삼릉에 태실이 있게 된 이유를 볼까. 궁궐에서 아기가 태어나면 탯줄을 귀하게 관리하고 명당자리를 잡아서 태실을 만들어 모셨단다. 그러니 태실은 한 곳에 있는 것이 아니라 전국에 흩어져 있었지. 일제강점기에 일본은 태항아리 39개를 모아 서삼릉으로 옮겼어. 겉으로는 백성들이 태실을 파괴하는 것을 방지하기 위한 것이라고 말도 안 되는 이유를 들었지. 일본이 조선 왕실의 기운을 꺾어야 한다는 생각으로 저지른 행동들을 생각하면 태실을 옮긴 이유를 짐작할 수 있어.

서삼릉은 공개 지역과 비공개 지역으로 구분되어 있어서 다 볼 수는 없지만 효창원에 가면 5살에 죽은 문효세자를 생각하면서 나라 잃은 설움을 알게 될 거야.

세상의 시끄러움에서 벗어난 듯 고즈넉한 숲길을 따라 희릉에 가면 홀로 누워있는 장경왕후의 슬픈 사연이 떠올라.

중종의 부인인 장경왕후는 인종을 낳자마자 세상을 떠났단다. 중종은 새 왕비로 문정왕후와 결혼했어. 장경왕후의 무덤은 원래 서울 서초구에 만들었는데 사돈인 김안로가 중종에게 잘 보이기 위해 무덤의 위치가 좋지 않다면서 옮기자고 주장해서 이곳으로 옮기게 된 거야. 중종이 죽은 후 무덤을 이곳에다 만들고 장경왕후의 무덤과 함께 정릉이라고 했는데, 문정왕후가 중종의 무덤을 서울 강남구로 옮기면서 이곳에는 장경왕후 무덤만 남게 되어 희릉이라고 부른 거야.

문정왕후는 자기가 죽어서 중종 곁에 묻히고 싶었겠지만 중종의 무덤이 지대가 낮아 홍수 피해가 자주 있었던 자리라서 홀로 노원구에 묻혔단다. 문정왕후의 무덤은 태릉이야.

서삼릉에 있는 효창원 모습. 효창원은 정조의 아들 문효세자의 무덤이다.
서울 용산 효창원에 있다가 일제강점기 때 서삼릉으로 옮겨졌다.

예릉은 '강화도령'으로 잘 알려진 철종과 철인왕후의 무덤이야. 평범하게 농사짓고 살다가 헌종이 아들이 없는 상태에서 죽자 갑자기 왕이 된 거야. 철종은 최고의 권력자가 되었지만 마음대로 할 수 있었을까.

고즈넉한 숲으로 되어 있는 서삼릉에 오면 왕실의 암투, 일본의 만행, 권력, 질투, 아픔 등등 많은 생각이 떠올라 산책길이 편하지만은 않단다.

한양을 지켜라, 행주산성

임진왜란 때 일본을 상대로 크게 이긴 전투 3개가 있는데, 이순신 장군의 한산도대첩, 김시민 장군의 진주대첩, 그리고 권율 장군의 행주대첩이야.

지금부터 고양시 덕양산에 있는 행주산성에서 행주대첩에 대해 알아보자. 행주산성은 토성으로 산성의 둘레는 약 1km인데 일부 성벽이 발견되어 415m를 복원하였어. 산성 안에는 정자, 사당 등이 현대에 지어진 것이고, 행주대첩비도 지역 주민들에 의해 세워졌다가 다시 보수되기도 했어.

산성 안에 유일한 문화재가 있는데, 행주대첩비야. 행주대첩비는 초건비라고도 하는데, 권율 장군이 돌아가신 후 1603년에 부하들이 승전을 기념하면서 뜻을 모아 세웠어. 행주대첩의 승리 과정이 기록되어 있고, 최립이 문장을 짓고, 글씨는 한석봉이 썼는데 오랜 세월이 흘러 알아보기 어려워 안타깝단다.

지금은 평화롭기만 한 이곳에서 어떤 전투가 벌어졌는지 알아보자.

권율 장군이 행주산성에서 일본군을 물리친 것을 기념하여 세운 행주대첩비

1592년에 조선을 침략한 일본은 불과 두 달 만에 우리나라를 초토화시켰어. 선조는 의주까지 피난가서 압록강만 넘으면 명나라니 곧 나라가 망할 것 같았단다. 그러나 이순신 장군이 이끄는 수군과 나라를 위해 목숨을 바치겠다고 나선 의병들이 있어서 반격할 수 있었어.

거기에 명나라가 원군을 보내주어서 평양성에 있던 일본군을 공격할 수 있었단다. 일본군이 한양으로 철수할 때 권율 장군이 행주산성에 진을 치고 일본군과 맞서 싸우게 된 거야.

일본군은 3만여 명의 군사를 이끌고 행주산성으로 쳐들어왔고, 권율이 이끄는 조선군은 일본군을 상대로 9차례에 걸쳐 치열하게 싸워 모두 물리쳤단다. 미리 성벽을 고치고, 목책을 쌓아서 준비를 철저히 하였고, 성 안에 있는 백성들까지 힘을 합쳐 싸워서 이길 수 있었어. 이때 여자들이 짧은 치마를 만들어 돌을 날라서 적을 공격했다고 해서 '행주치마'라는 이름이 생겼다는 이야기가 있는데 행주는 이 지역 명칭이고 행주치마도 그 이전에도 있었다고 하니 여자들까지 치열하게 싸울 수밖에 없었던 당시 상황을 알리면서 생긴 게 아닐까.

판타지아 세상 속으로 고고!

부천시_한국만화박물관, 부천활박물관, 펄벅기념관

아이들이 마음껏 꿈꾸는 세상, 한국만화박물관

만화는 무엇일까. 마음대로 자유롭게 그린 그림? 이야기가 있는 그림? 그림을 죽 늘어놓아 이야기를 표현하는 것? 모두 맞는 말이야. 우리 모두 만화가 무엇인지를 말로 표현하라고 하면 이렇게 다양하게 말할 수 있을 거야.

만화를 볼 때 모습을 보면 옆에서 누가 떠들어도 모를 정도로 집중하고 만화 속으로 빨려들어갈 것처럼 푹 빠져서 보는 것을 느끼곤 해.

어린 시절의 추억이 가장 많이 담겨 있는 것도 만화란다. 마음껏 만화 속 주인공이 되어 보기도 하고 만화 속 세계로 함께 빨려 들어가 신나게 즐거운 상상을 하기도 하지. 이렇게 만화는 사람들에게 온갖 상상과 꿈을 꾸게 만들어주곤 해.

부천에 가면 한국만화박물관이 있어. 수많은 어린이들에게 꿈과 희망을 주고 상상의 세계를 안겨주었던 만화들이 가득하단다. 박물관 안은 물론 바깥에도 만화 속 주인공들을 전시해서 순식간에 만화 세계로 빠져들게 할 거야.

박물관으로 들어가면 어두운 동굴 모습을 한 양쪽 벽면에 한국을 대표하는 만화작품들의 명장면들을 만나게 돼. 그리고 "만화란 무엇인가?"에 대한 작가들의 생각이 영상으로 나타나면서 만화작품의 명장면을 함께 볼 수 있어.

게다가 전시장 한가운데에는 국내 대표 만화가 200여 명이 만화 작품을 그릴 때 사용하던 펜들을 볼 수 있는데 만화를 그리는

한국만화박물관에 가면 마법같이 만화 세계가 펼쳐진다.

작가를 가까이에서 만나는 기분일 거야.

최초의 한국만화로 알려진 이도형 '만평'을 시작으로 한국만화가 어떻게 변화되어 왔는지 볼 수 있고, '토끼와 원숭이', '코주부 삼국지', '엄마찾아 삼만리', '고바우'의 실물도 함께 만날 수 있단다.

그리고 '땡이네 만화가게'를 그대로 옮겨 놓은 것처럼 만화방을 볼 수 있고, 어린이만화, 명랑만화, 잡지만화 등 각 시대에 인기를 끌던 만화들도 만나게 될 거야.

이렇게 오래 된 만화들이 사라지지 않고 어떻게 보관될까. 이곳에는 보물창고 같은 수장고가 있단다. 오래된 만화들을 잘 보관하고 온전하게 후손들에게 전해주기 위해서 항온, 항습, 보안, 방재 등 문화재 보존을 위한 시설을 갖추고 있어. 만화가의 피와 땀이 스며 있는 육필원고와 희귀만화자료가 보관되어 있단다.

만화 하면 디즈니랜드, 일본 만화가 사람들에게 많은 인기를 차지하고 있었어. 지금은 우리나라뿐 아니라 세계에까지 한국 만화가 소개되고 인기를 끌고 있단다. '웹툰'이라고 하는데, 인터넷이 널리 퍼지면서 인터넷 만화를 뜻하는 웹툰이 알려지게 되었지. 이제는 'k웹툰'이라는 말까지 나올 정도로 한국의 웹툰이 세계 곳곳에서 사랑을 받고 있단다.

전통 활의 모든 것을 담았다, 부천활박물관

올림픽에 나가기만 하면 금메달을 싹쓸이해온 효자 종목을 꼽으라면 양궁일 거야. 몇몇 선수만 뛰어난 실력을 갖고 있는 게 아니라 대한민국 양궁 선수 하면 누구 할 것 없이 실력이 뛰어나거든. 그러다 보니 국가 대표를 뽑는 대표 선발전이 치열할 수밖에 없단다.

한국의 양궁 실력이 특출나게 뛰어난 이유를 대라면 셀 수 없이 많을 거야. 오늘은 우리 역사에서 찾아보기로 하자.

광해군 때 이수광이 쓴 백과사전인 〈지봉유설〉이라는 책에 보면, '중국의 창, 조선의 편전, 일본의 조총이 천하제일'이라는 내용이 나와.

왜적들이 중국은 창 기술, 조선은 편전을 사용한 활쏘기, 일본은 조총이 대표적인 무술이라고 했다는 내용인데, 이미 활은 오래 전부터 한국인들이 잘 활용하는 무기였던 거야.

임진왜란이 끝나고 왕명으로 한교가 쓴 〈무예제보〉라는 책에도 '조선은 칼 쓰는 법과 창 쓰는 법은 전혀 배우지 않고 오로지 활쏘기만 연습했다.'는 내용이 나와. 이순신 장군이 쓴 〈난중일기〉에도 끊임없이 나오는 것이 활쏘기일 정도로 활은 무예의 기본이자 최후의 병기였던 거야.

그런데 왜군이 활이라고 하지 않고 '편전'이라고 한 이유는 뭘까. 편전은 애기살이라고도 해. 애기살은 화살이 일반 화살보다 반 이상 짧아서 그냥 쏠 수는 없고, 통아라는 원통형 대나무에 넣어서 쏘는 거야. 전쟁 때 상대방이 쏜 화살을 모아서 다시 사용할 수 있는데 애기살은 짧기 때문에 통아가 없으면 적이 주워도 사용할 수가 없단다. 그리고 통아에 넣어서 쏘기 때문에 일반 화살보다 속도도 빠르고 더 멀리까지 날아가. 얼마나 강력한지 임진왜란 때 두 명을 관통시켰다는 기록도 있어.

부천종합운동장 옆에 활박물관이 있는데, 우리 전통 활인 국궁과 관련된 자료들이 모여 있어. 시대별로 활과 화살이 있고, 활쏘기 도구와 활을 만드는 과정도 알 수 있단다. 활과 관련해서 다양한 체험도 할 수 있게 되어 있어서 세계에서 알아주는 조선의 활을 체험할 수 있는 곳이기도 해.

특히 신기전을 쏠 수 있는 신기전 화차가 전시되어 있는데, 신기전이라는 화살을 100개를 꽂아 다연발로 쏘아서 100발을 쏠 수 있단다. 로켓형 무기인 신기전은 화약통을 화살에 매달아 심지에 불을 붙여 쏘는 방식인데, 목표물을 쏘아 맞히면 화살도 꽂히고 화약통도 폭

한국의 전통 활을 만날 수 있는 부천활박물관

발하는 강력한 무기란다. 그리고 화차를 만들어 많은 신기전을 꽂은 후 대량으로 이어서 발사를 하니까 그 위력이 엄청나겠지. 화살이 무더기로 날아가 폭발하는 것을 상상만 해도 느낄 수 있을 거야.

이제 보니 왜 조선이 편전이 뛰어나고, 우리나라 양궁 선수들이 올림픽에 나가 좋은 성적을 거두는지 이해가 가.

고통받는 소외 아동들을 보듬다, 펄벅기념관

미국 작가이자 사회사업가인 펄 벅은 '대지'라는 작품으로 퓰리처상과 노벨문학상을 탔단다. 펄 벅이 한국을 배경으로 소설을 썼는데 '살아있는 갈대'라는 작품이야.

'대지'는 빈농이었던 왕룽이 노비 출신인 오란을 만나서 결혼하고 자식을 낳아 가족을 이루며 거부로 성장해가는 과정을 담고 있는데, 중국의 문화와 종교를 잘 보여주고 있는 작품이지.

문학뿐 아니라 사회사업에도 많은 업적을 남긴 펄 벅은 7명의 아이들을 입양하였어. 다문화아동(당시 혼혈아동)들을 위해서 미국에 웰컴하우스를 설립하고, 미군 병사들이 아시아 여러 나라에 주둔한 뒤 생긴 미국계 사생아들을 돕기 위해서 펄벅인터내셔널 한국지부(한국펄벅재단 전신)를 세웠단다. 이 재단은 유한양행의 설립자인 유일한의 중국계 아내 호미리와 친분이 있던 펄 벅이 소설 자료를 조사하기 위해 한국을 방문했다가 미국계 사생아들의

노벨문학상을 받은 작가 펄벅의 작품과 사회활동 모습을 만날 수 있다.

비참한 현실을 보고 만들게 된 거야. 펄 벅 재단은 한국뿐 아니라 세계 11개의 나라에 세워졌는데 혼혈아동뿐만 아니라 고아, 신체장애우 등 사회에서 고통받는 소외 아동을 돕고 있어.

경기도 부천시 심곡동에 '소사희망원'을 세우고 그곳에서 한국 전쟁고아들을 직접 돌보고 교육시켰단다.

평생을 사랑과 박애정신으로 살아온 펄 벅의 정신과 업적을 기리기 위해 소사희망원 자리에 기념관을 세웠어. 전쟁고아와 혼혈아동에 대한 남다른 소명의식으로 낯선 한국 땅에서 그들의 복지를 위해 헌신했던 펄벅 여사의 정신과 업적을 기리고자 설립된 기념관이야.

기념관에 가면 펄 벅의 대표적 문학작품과 유품들을 볼 수 있어. 생의 마지막을 혼혈아동과 함께 했고, 고통받는 소외 아동들을 돕기 위해 애써온 펄 벅의 뜻과 사랑을 작지만 소중한 기념관에서 느끼게 될 거야.

일제 수탈의 현장에서
테마파크로 변신하다

광명시_광명동굴, 충현박물관, 기형도문학관, 광명전통시장

폐광의 기적을 이룬 광명동굴

네거티브 문화재라는 말 들어본 적 있니? 어느 나라든 자랑스러운 역사만 있는 게 아니라 부끄럽고, 때로는 치욕스럽고 고통스러운 역사도 있을 거야. 이런 부정적인 의미를 지닌 문화재를 '네거티브 문화재'라고 해. 36년 간 일제강점기를 겪은 우리나라에는 아픈 역사의 흔적이 곳곳에 남아 있단다. 부끄러운 역사는 없애버리자는 사람도 있을 것이고, 아픈 역사지만 두 번 다시 되풀이 하지 않기 위해 보존해야 한다는 사람도 있을 거야.

한여름에 피서 장소로 사람들이 많이 찾고, 와인레스토랑과 공연장을 갖춘 테마파크로 유명한 관광명소가 된 광명동굴에는 어떤 역사가 담겨져 있을까.

광명동굴은 일제강점기인 1912년부터 금, 은, 구리, 아연 등의 광물을 채광하던 광산이었어. 당시 광산에는 농민 출신의 광부들이 많았는데, 징용과 생계 때문에 온 사람들이었어. 여기서 채굴된 광물들은 일본으로 보내졌고 해방 전까지 엄청난 양의 광물이 수탈되었어.

해방 후 한국전쟁 때는 주민들이 폭격을 피해 동굴을 피난처로 삼기도 했지. 전쟁이 끝나고 광산으로 사용하다가 1972년 대홍수가 나자 중금속 가득한 폐수가 주변의 논을 덮치면서 보상 문제로 폐광하게 되었단다.

그후 1978년 소래포구의 새우젓을 이곳에 보관하기 시작하면서 2010년까지 새우젓 저장소로 쓰였어.

광명동굴이 관광명소로 탈바꿈하게 된 것은 지방선거 때 광명동굴 관광화가 공약으로 나와 시민공간으로 개방되면서부터야. 이름도 처음에는 '광명가학광산동굴'이었다가 '광명동굴'로 정해졌지.

광명동굴 안에는 공연을 할 수 있는 공연장이 있다.

광명동굴은 일제 수탈의 역사를 안고 있지만 광명시가 매입한 이후 와인레스토랑과 공연장을 갖춘 테마파크로 개발해서 지금은 연간 100만 명 이상이 다녀가는 관광명소로 탈바꿈한 거야.

동굴 깊이 275m, 총 길이 7.8km로 된 광명동굴은 8레벨로 된 지하 갱도를 활용해서 관광자원시설로 꾸민 거야. 동굴 안에서 전시회가 열리기도 하고, 공연장도 있어서 음악회 같은 공연도 열리곤 해. 수족관과 식물원도 꾸며져 있고, 광산의 역사와 구조를 설명한 모형도 있어.

일제강점기 수탈의 현장이었고, 전쟁의 피난처이기도 하고, 근대산업의 중추적인 역할을 해온 광명동굴은 근현대사의 빛과 어둠을 모두 담고 있는 소중한 역사 현장이야. 이제 동굴의 개념을 바꿀 정도로 변화하고 있는 광명동굴은 또 다른 역사를 써내려 가기 시작했어.

위기를 기회로 극복해낸, 광명전통시장

7호선 광명사거리역 10번 출구로 나가 몇 걸음 걷다 보면 광명전통시장을 만날 수 있어. 현대화된 상가들 사이에 '전통 시장의 자부심 광명전통시장'이라는 푯말이 보이는데 입구에서 본 시장은 그냥 재래시장이 있구나 하는 생각이 들 거야.

그러나 시장으로 들어가는 순간 어마어마하게 큰 규모의 재래시장이 펼쳐지고 사람사는 맛이 물씬 나는 세상을 보게 된단다. 없는 거 빼고 다 있을 것 같은 광명전통시장 속으로 여행을 떠나볼까.

광명전통시장은 1970년대 초반부터 지역이 개발되면서 자연스럽게 만들어진 재래시장으로, 400여 개의 점포가 성업중이고 전국에서 일곱 번째로 손꼽히는 대표적인 전통시장이야.

요즘은 물건 사기 위해 대형마트를 찾고, 심지어 인터넷 쇼핑몰을 이용하는 경우가 대부분이라 예전의 상권인 재래시장은 명맥을 유지하기 힘들고 점점 사라지고 있어. 5일장의 형태로 지역의 관광명소로 명맥을 유지하고 있는 게 재래시장의 현재 모습이란다.

광명전통시장이 이렇게 대규모의 시장을 유지하고 발전해 나가기까지 큰 시련을 겪어야만 했어. 1995년 12월 31일 새해를 하루 앞둔 연말에 대형화재가 발생하였어. 중앙상가 125개 상점과 광명시장 47개 점포가 불에 타는 등 어마어마한 위기가 닥친 거야.

위기를 기회로 극복해낸 광명전통시장은 대형마트의 등장에

도 꿋꿋이 버티면서 시장을 지켜내고 활성화시키는 데 최선을 다했어. 그래서 지금의 대규모 전통시장으로 자리잡게 된 거지.

시장에 들어가 중앙에 있는 십자로 길에서 이리 저리 다니면서 장을 보다 보면 농수산물이나 식료품을 싸게 살 수가 있어서 광명시민뿐 아니라 서울에서도 이곳을 찾는 사람들이 많고 이웃도시에서도 많이 찾는 시장이 되었어. 재래시장은 장 보면서 맛난 것을 사먹는 재미가 있는데, 닭강정, 떡갈비, 꽈배기, 만두, 빵, 국수, 즉석어묵 등 먹거리가 풍부해서 장도 보고 군것질도 하는 재미를 느낄 수 있단다.

시장 주변에는 의류 상권과 가구점, 먹자골목, 금융기관, 병원까지 들어서면서 광명전통시장에 들러 장도 보고 다른 일도 처리할 수 있는 최고의 공간으로 변하였어.

여기서 멈추지 않고 현대화사업을 끊임없이 하고 있고, 각종 문화프로그램도 만들고, 점점 스마트한 전통시장으로 변하고 있어서 광명전통시장은 사람들의 발길이 멈추지 않을 거야.

암울한 현실을 시로 승화시키다, 기형도문학관

기형도가 살았던 광명시에 기형도문학관이 있어. 시인이면서 신문기자로 활동하다 29살 젊은 나이에 삶을 마감한 기형도를 작품으로 다시 만날 수 있는 장소야.

기형도 시인의 작품에는 어린 시절의 우울한 기억과 산업화에 밀려 각박해져가는 도시인의 삶을 담아내고 있어. 산업화에 밀려 철거민과 수재민들이 모여 살았던 지금의 광명시 소하동에 이사오면서 암울한 현실을 보게 돼.

성인이 되어 정치 사회적인 억압을 직접 보면서 시인의 작품에도 우울하고 비관적인 내용들이 녹아들게 된 거야. 민주화에 대한 열망이 국가권력의 폭력에 무참히 짓밟히는 상황을 견뎌내야 하는 마음이 시에 녹아들고 심지어 낭만적으로 채색하여 가슴을 뭉클하게 만들어.

동아일보 신춘문예에 당선된 시 '안개'는 바로 어린 시절 살았던 광명 소하리에서의 느낌을 담고 있어.

> 가끔씩 안개가 끼지 않는 날이면
>
> 방죽 위로 걸어가는 얼굴들은 모두 낯설다. 서로를 경계하며
>
> 바쁘게 지나가고, 맑고 쓸쓸한 아침들은 그러나
>
> 아주 드물다. 이곳은 안개의 성역이기 때문이다.
>
> – 안개 중에서

갑작스런 죽음으로 남겨진 유고시집 〈입 속의 검은 잎〉은 한국대표 시집 50선 중 한 권으로 뽑히기도 했지. 같은 시대를 사는 청년들은 시인의 작품을 통해 울분을 토하기도 하고 위로를 받기도 했어.

기형도문학관 모습

기형도문학관에 가면 환하게 웃는 시인이 반겨줄 거야. 시인이 남긴 마음을 함께 느끼고 시에 담긴 글의 힘이 얼마나 위대한지 알 수 있는 시간이 될 거야.

오리 이원익 대동법을 실행하다, 충현박물관

광명시를 대표하는 인물을 꼽으라고 하면 오리 이원익을 말할 거야. 서민들의 평균 수명이 35세 안팎이었고, 왕의 평균 수명도 47세였던 조선시대에 이원익은 87세까지 살았어. 그러다 보니 임진왜란(45세, 이조판서), 인조반정(76세, 영의정), 정묘호란(80세, 영중추부사) 같은 엄중한 시기에 중책을 맡고 있었지.

이원익의 업적 가운데 대동법과 관련된 정책은 매우 중요해. 임진왜란이 끝나고 광해군이 즉위하자 이원익을 영의정으로 임명했어. 전쟁 복구와 민생 안정이 중요하던 때인데, 한백겸이 건의한 대동수미법(대동법)을 경기도지방에서 시범으로 시행했어. 대동법은 공납을 쌀로 걷는 제도야. 공납은 지역의 특산물을 세금으로 내는 건데, 중앙에서 지방 관아에 부과하면 지방 관아는 백성들에게 배분해서 특산물을 세금으로 받는 거야. 그런데 중앙에서 한꺼번에 부과하다 보니까 지방의 상황과 맞지 않는 경우가 많았어. 그래서 이원익은 전국적으로 시행하기 전에 경기도에 한해서 공납을 쌀로 대신 내게 하는 제도를 시행한 거지. 토지 1결(농토 면적)당 16두('두'는 곡식의 양을 재는 그릇으로 '말'이라고도 함)의 쌀을 세금으로 내게 한 거야.

또한 이원익은 신념과 원칙을 지켜낸 사람이야. 임진왜란 때 이순신 장군을 끝까지 지켜낸 신하였어. 친구 사이인 유성룡마저 이순신을 비판할 때도 이원익은 "경상도에 있는 많은 장수들 중에서 이순신이 가장 훌륭하다."면서 이순신을 교체하면 모든 일이 잘못될 거라고 했어.(선조 29년 10월 5일, 11월 7일).

충현관에는 오리 이원익에 대한 유품들이 전시되어 있다.

이원익의 치우치지 않는 곧은 성품은 광해군과 인조 때 모두 영의정을 한 것만 봐도 짐작할 수 있을 거야. 심지어 인조반정 뒤 광해군을 죽여야 한다고 했을 때 이원익은 자신이 모셨던 왕을 죽인다면 자신도 떠날 수밖에 없다고 맞서서 광해군의 목숨을 보호하기도 했단다.

이렇게 다섯 번이나 영의정을 할 정도로 최고의 신하로 살았지만 집은 2칸짜리 초가집이었고 떨어진 갓에 베옷을 입고 지냈는데 어떤 사람은 그가 재상인 줄도 몰랐다는 일화가 있지.

초가집에 비가 샌다는 소식에 인조 임금이 새 집을 하사하고 '관감당'이라는 이름을 붙여주었어. 관감당은 이원익의 청렴하고 소박한 삶을 '보고 느끼게 하고자 한다'는 뜻이야. 이곳에서 바로 오리 이원익이 남은 여생을 보냈어. 지금은 충현박물관인데, 인조가 하사한 관감당, 사당인 오리영우, 충현서원지, 종택 등이 있어.

이곳에 가면 이원익이 평소에 거문고를 타던 탄금암과 400년 된 측백나무가 있고, 최근 복원된 풍욕대, 삼상대 같은 정자가 있어서 오리 이원익이 어떤 삶을 살았는지 알 수 있단다.

염전에서 핀 꽃

시흥시_갯골생태공원, 시흥오이도박물관, 선사체험마을

갯벌과 염전이 생태공원으로 거듭나다, 갯골생태공원

서해 바다는 자연이 인간에게 선물로 준 시커먼 보물이 쫙 깔려 있어. 바로 갯벌이야. 갯벌은 개펄이라고도 하고 뻘이라고도 하는데, 바닷물이 흘러다니면서 진흙이 쌓여 만들어진 해안 습지를 말한단다. 서해안에 갯벌이 많은 까닭은 해안도 완만하게 넓은데다 바닷물의 흐름도 세지 않고 서서히 들어오고 나가기 때문이야.

갯벌도 몇 가지로 구분되는데 썰물 때 드러나는 지역은 간석지라고 부르고, 해안이 아닌 내륙 안쪽에 갯벌이 만들어지기도 하는데 이를 내만갯벌이라고 해. 오늘 우리가 만날 시흥의 갯골생태공원이 바로 내만갯벌이야.

시흥 일대의 갯벌은 경사가 심하지 않고 점토와 모래가 적당히 섞여 있어서 염전 바닥을 단단하게 다질 수 있었어. 소금판이 단단해야 물이 잘 스며들지 않고, 수분이 증발하기 때문이야. 주변에 큰 강이 없으니 민물과 섞이지 않아서 염도가 높았어. 한여름에는 비가 적고 일조시간이 길고, 봄가을은 건조하고 일조량이 풍부해서 염전이 잘 발달했지.

시흥염전(소래염전)은 일제강점기 때 일본인이 처음 만들었는데, 갯골을 중심으로 145만 평 정도가 펼쳐져 있었어. 이곳에서 생산되는 소금은 수인선을 이용하여 인천항으로 옮기거나, 수원역으로 옮긴 뒤 경부선 열차로 부산항을 통해 일본으로 보내졌던 우리 역사의 아픔이 있던 곳이기도 해.

해방 후 한국전쟁이 끝난 뒤에는 북쪽 실향민과 지역민들의 삶

갯골생태공원에 있는 흔들 전망대. 위에 올라가면 생태공원이 한눈에 들어온다.

의 터전이었어. 대한민국 정부 수립 이후 소금 수요가 급증하면서 생산량도 함께 늘었지. 산업화와 함께 소금도 잘 팔렸는데, 시화지구개발 사업이 시작되고 공업용지로 바뀌면서 시흥염전은 어려워지기 시작했어. 게다가 외국에서 저렴한 가격으로 소금이 들어오자 경쟁력까지 떨어져 염전은 사라져간 거야.

그러나 다행히 염전 문화는 시흥갯골생태공원이 만들어지면서 일부 보존되고 있어. 바로 소금창고야. 소금창고는 천일염을 만들어 간수를 제거하고 소금을 밖으로 내보내기 전의 마지막 보관 장소야. 수십 동에 이를 정도로 많았던 소금창고는 지금 2동이 복원되어 있는데 관광자원뿐만 아니라 우리나라 천일염전 소금창고를 보존하고 이해하는 데 아주 중요한 자료가 될 거야.

시흥갯골생태공원은 경기도에서 유일하게 내만갯벌과 옛 염전을 느낄 수 있는 곳이야. 주차장을 지나 입구쪽으로 가는 순간 사방이 확 트인 넓은 곳에 붉게 물들기 시작한 댑싸리밭이 눈에 띄고, 좀더 안으로 들어가면 습지를 에워싸고 갈대밭이 펼쳐지고 그 사이에 서 있는 소금창고가 이곳이 염전이었음을 알려주고 있어. 소금창고 근처에는 염전이 있어서 직접 체험도 할 수 있단다.

습지 공원인 이곳에서는 귀한 염생식물을 볼 수 있어. 갯벌 주변의 염분이 많은 땅에서 자라는 식물을 염생식물이라고 하는데,

칠면초, 나문재, 퉁퉁마디 등을 관찰할 수 있어. 생태환경 1등급 지역이고 국가 해양습지보호지역으로 지정된 시흥갯골생태공원은 코스모스, 댑싸리밭, 분홍빛 핑크뮬리로 유명해서 사람들이 많이 찾는 곳이야.

공원 안으로 깊숙이 들어가면 높다랗게 솟아 있는 흔들 전망대를 만나게 되는데 22m 높이의 나무로 만든 흔들 전망대에 오르면 스릴도 느낄 수 있고, 갯골, 염전, 들판까지 생태공원을 한눈에 볼 수 있어. 그리고 넓게 펼쳐진 공원 너머로 급속하게 변화된 시흥의 모습도 볼 수가 있단다. 지금은 사람들이 힐링하고 체험하기 위해 찾는 관광지로 변했지만 역사의 아픔과 삶의 터전이었다는 사실을 되새길 수 있는 공간이기도 해.

대부도 길목에서 만난 값진 보물, 시흥오이도박물관

오이도는 시흥시와 약 4km 떨어진 섬이었어. 일제강점기 때 갯벌을 염전으로 이용하면서 육지와 연결되기 시작해서, 1980년대 말 시화공단이 만들어지면서 완전히 육지가 된 거야.

예전에는 안말을 중심으로 가운데살막, 신포동, 고주리, 배다리, 소래벌, 칠호, 뒷살막 등의 자연마을이 있었는데, 시화지구가 개발되면서 1988~2000년 사이에 모두 사라졌고 마을 주민은 오이도 서쪽 해안을 매립하여 만든 이주단지로 옮겨갔지.

오이도 주민들이 살았던 안말마을 일대에 철강단지가 만들어지

오이도박물관의 내부 모습.
박물관이라기보다 쉼터 같은 오이도박물관에서 보는 일몰은 장관이다.

면서 문화재가 있는지 살펴보기 위해 조사를 하기 시작했어.

오이도 유적에서는 야외 노지 유구를 비롯하여 초기 철기시대에서 원삼국시대에 이르는 패총, 통일신라시대 마을 유적 등이 확인되었단다. 안말패총, 소래벌패총, 신포동A · B · C패총 등 6개 지역 12지점에서 패총 유적 뿐아니라 통일신라시대의 주거지, 그리고 조선시대의 봉수대 등 다양한 유적이 확인되었지. 이런 문화를 보존하고 교육하고 알리기 위해 오이도박물관을 세운 거야.

오이도와 대부도를 연결한 시화방조제가 시작되는 곳에 박물관이 있는데 그동안은 대부도까지 시화방조제를 달리는 드라이브 코스로 유명했지만 이제 오이도박물관에서 바라보는 포구의 아름다운 일몰을 볼 수 있고 딱딱하고 지루한 박물관이 아닌 재미있는 테마로 오이도의 역사를 보여주는 박물관을 찾는 재미도 느끼게 해줄 거야.

갯벌에서 캔 조개를 먹었을 거야, 선사체험마을

오이도 곳곳에서 수천 년 전 사람이 살았던 흔적인 패총이 발견되었어. 패총은 조개무덤이란 뜻인데, 수천 년 전 이곳에 살았던 신석기 사람들이 조개를 먹고 버린 조개껍질이 쌓여서 무덤처럼 만들어진 무더기를 말해. 원시인들의 삶의 흔적을 볼 수 있는 중요한 자료인데, 토기, 석기, 뼈 등이 섞여 나오기도 해서 무엇을 먹고 어떤 생활을 했는지 알 수 있단다.

오이도 곳곳에서 신석기시대 패총 유적이 확인되면서, 섬 전체가 국가사적 제441호(시흥 오이도 유적)로 지정해서 보존하고 있어. 그리고 이곳에 오이도 선사유적공원을 만들었단다.

오이도 선사유적공원에는 서해안의 해가 지는 아름다운 모습을 감상할 수 있는 전망대가 있고, 패총전시관에서는 오이도에서 선사시대 사람들이 어떻게 생활했는지 배울 수 있어.

선사체험마당과 야영마을에서는 선사시대로 돌아가서 선사시대 사람들처럼 느끼고 체험할 수 있는 다양한 체험장이 있고, 물발원지에서는 오이도 원주민인 안말마을 사람들이 사용했던 우물터와 마을의 평안을 기원하는 당제를 지냈던 당산나무도 만날 수 있을 거야.

오이도박물관 근처에 있는 선사체험마을

생태계도 살리고, 사람도 살리다

안양시_안양천생태이야기관, 삼막사, 만안교
안산시_안산갈대습지공원
군포시_수리산 수리사

안양천 살리기 대프로젝트, 안양천생태이야기관

기후, 자연이 얼마나 소중한지 잘 알고 있지. 기후 변화와 망가진 자연이 얼마나 큰 피해를 주는지 모두들 잘 느끼고 있을 거야. 공업화 산업화가 되면서 여기저기 공장을 세우고 밤낮없이 돌리면서 경제는 나아졌지만 우리 몸과 마음은 병들어 가고 있단다.

1970년대 급속한 산업화로 사람들은 도시로 몰리고 물이 풍부한 안양천 주위에 대규모 공단이 만들어지고, 공장에서 버려진 폐수와 사람들이 버린 생활하수로 안양천은 병들어 갔어.

각종 오염물질이 흘러든 안양천이 병들자 하천 생태계는 끊어지고 죽어가기 시작했어. 안양천에 살던 생물들이 살기 위해 한강을 따라 다른 곳으로 갔고, 맑은 물을 찾아 계곡으로 올라간 생물들은 안양천으로 내려올 수 없었어. 점점 안양천은 생명이 사라진 하천으로 변해갔고 물고기, 새, 곤충을 찾아볼 수 없게 되었단다. 게다가 홍수가 났다 하면 안양천은 범람하여 그 피해가 어마어마했어.

더 이상 안양천을 이대로 둘 수 없다고 생각해서 안양천 살리기 사업을 벌이기 시작했는데, 이런 이야기를 담고 있는 곳이 바로 안양천생태이야기관이야. 이곳은 효율적이고 전문적인 모니터링을 하고, 학교교육과 연계해서 체계적이고 효율적인 환경교육을 실시하고, 안양천에 대해 이해시키고 관심 갖게 하는 등 하천 환경교육을 하기 위해서 세워진 곳이야.

한강의 제 1지류인 안양천은 경기도 의왕시 지지대 고개에서 시작해서 군포시를 지나, 안양시 도심을 중앙으로 흘러서 광명, 서울시를 거쳐 한강으로 흘러가는 도시형 하천이야. 학의천, 삼성천, 수암천, 삼막천, 오전천, 산본천 등 크고 작은 하천들과 연결되어 있어서 안양천이 생태계가 무너지면 주변 하천뿐만 아니라 한강까지 위험해져.

오염된 안양천을 살리기 위해 하수처리장을 세웠고, 안양천정화사업, 정화조 처리장 건설, 수질정화시설 설치 운영 등 다방면으로 노력하고 있어. 항상 맑은 물이 넘쳐흐르고 물고기와 물새가 살 수 있는 하천으로 만들고 사람과 자연이 함께 살 수 있는 안양천을 만들어 가고 있단다.

안양천을 끼고 산책하고 아침 운동을 하는 사람들을 보면서 안양천이 살아 움직이는 것을 느낄 수가 있어.

원효대사, 의상대사, 윤필대사의 기도 장소, 삼막사

스님들은 수양을 하고 기도를 하기 위해 숲 속 깊숙이 사람들 발길이 닿지 않는 곳을 찾아 동굴로 들어가기도 하고, 자그마한 집을 짓고 기도를 하기도 하지. 통일신라시대 때 세 명의 스님이 관악산에 들어가 기도를 하기 시작했어. 원효대사, 의상대사, 윤필대사 세 스님은 막을 치

삼막사에 있는 삼막사삼층석탑

삼막사에 있는 삼귀자 글씨

고 수도하다가 그곳에 절을 짓게 되었단다. 그곳이 바로 삼막사라는 곳이야.

삼막사에 가면 문화재가 많은데, 삼층석탑과 명부전, 마애불과 남녀근석, 사적비 등이 있고, 삼귀자라는 바위에 새겨진 글씨가 유명해.

바위에 거북 귀 자를 세 번 새겼는데, 종두법을 실시한 지석영의 형 지운영이 새긴 글씨야. 오른쪽에 있는 것은 현재 사용하는 한자이고, 가운데는 거북의 등을 표현한 상형문자이고, 왼쪽에 있는 건 두 글자의 중간 형태로 보이는 글자야. 지운영은 시도 잘 짓고, 글씨와 그림에 뛰어났다고 해.

삼막사에는 마당이 아닌 언덕 위에 탑이 있어. 삼막사삼층석탑인데 여기에는 전해져 오는 역사 이야기가 있어. 그다지 특별해 보이지도 않고 심지어 머리 부분에는 1979년에 보수한 흔적이 있고 평범해 보이기까지 한 삼층석탑은 고려 고종 19년인 1232년, 몽골이 침입했을 때 스님이자 장수인 김윤후가 몽골 장군 살리타를 죽인 기념으로 세웠다는 이야기가 전해져 오고 있어.

1225년 몽골 사신 저고여가 피살당하는 사건이 벌어졌어. 저고여의 피살을 빌미로 몽골은 고려를 침입해 왔고, 고려는 이에 맞서 수도를 강화도로 옮기는 등 40여 년간 몽골과 싸우면서 대몽항쟁을 했으나 결국 몽골이 세운 원나라의 간섭을 받아야 했어.

처음 몽골이 쳐들어왔을 때 강화도로 수도를 옮기고 몽골 군대를 국경 밖으로 쫓아내는 등 몽골에 끝까지 맞서려고 하자 몽골은 살리타를 총사령관으로 하여 다시 고려를 쳐들어왔어. 1232년 12월에 몽골 부대는 처인성(지금의 용인)으로 쳐들어왔어. 이때 처인성에는 이곳으로 피난온 사람들과 김윤후가 방어를 하고 있었지. 몽골군이 처인성을 공격했는데, 처인성 동문 밖 언덕에 숨어 있던 고려군이 몽골군을 기습하여 살리타를 죽였던 거야. 이 전투를 처인성전투라고 해.

특별해 보이지도 않고 화려하지도 않지만 살리타를 죽인 기념으로 세웠다는 삼막사삼층석탑은 승리를 축하하는 것보다 몽골 침입으로 목숨을 잃은 수많은 백성들과 군인들의 혼을 위로해 주기 위해서 세운 것은 아닐까.

만년 동안 사람들이 건널 수 있게 하라, 만안교

안양에 사람들의 발걸음을 멈추게 하는 무지개 돌다리가 있어. 만안교라는 다리야. 돌로 튼튼하게 만든 이 다리에는 어떤 역사가 숨어 있을까.

만안교는 정조가 아버지 사도세자의 무덤을 참배하러 갈 때 이곳을 지나갔다고 해. 서울에서 수원까지 가려면 용산, 노량진, 동작, 과천을 거쳐 가는 길이 가장 빠른 길이었어. 그런데 과천에는 사도세자의 처벌에 적극적으로 참여한 김약로의 무덤이 있었어. 정조는 다른 길을 찾으라 했고 시흥 쪽으로 길을 바꿔 안양천을 지나가기로 했어. 1795년(정조 19)에 금천현감 서유방이 명을 받고 다리를 세운 거야. 왕이 행차할 때는 임시다리를 놓았다가 행차가 끝나면 없애곤 했는데, 잦은 행차로 다리를 놓았다 없앴다 하는 번거로움을 없애고, 평소에도 백성들이 편하게 다리를 이용할 수 있도록 하라는 정조의 명으로 튼튼한 돌다리를 놓게 된 거지. 아버지를 향한 마음뿐만 아니라 백성을 생각하는 정조의 마음이 어떤지 짐작이 가. 다리가 완성된 후 정조가 이름을 직접 '만안교(萬安橋)'라고 지어준 거야. '만년 동안 사람들이 편하게 다리를 건널 수 있게 한다.'는 뜻을 담고 있는 이유를 알겠지.

만안교는 튼튼하게 지었을 뿐만 아니라 아름다움까지 갖추고 있어. 다리 밑을 아치형으로 만든 무지개 다리인데 홍예교라고 해. 물의 흐름도 막지 않고 아름다움까지 갖추고 있단다. 원래 위치는 안양교 4거리 교차로에 있었는데, 도로가 확장되면서 지금의 자리로 옮겼어.

만안교에는 이를 증명이라도 하듯 비석이 세워져 있는데, 만안교비야. 비석에는 붉은 글씨로 '만안교'라고 적혀 있어서 한눈에 띄어. 만안교비는 관찰사 서유방이 글을 짓고, 조윤형이 비문을 썼다고 해.

아버지의 무덤을 자주 찾아 참배하고, 어머니 혜경궁 홍씨의

수원화성으로 행차하는 길을 만들기 위해 세워진 만안교는 지금도 여전히 사람들이 건너고 있다.

회갑연을 화성행궁에서 열기 위해 수천 명의 사람과 천여 마리의 말이 함께 움직였어. 이런 행차를 10여 차례 하면서 정조는 아버지를 생각하고, 어머니를 모셨을 거야. 우리도 한번 만안교를 걸으면서 왕의 마음이 되어볼까.

사람을 살리고 자연을 살리는, 안산갈대습지공원

한번 파괴된 생태계를 다시 살릴 수 있을까. 떠나버린 물고기와 새들을 다시 돌아오게 할 수 있을까.

문제가 있다는 것을 알았다는 것은 정말 중요하단다. 답은 찾으면 되거든. 언제까지 찾아야 되냐구? 답이 나올 때까지 찾는 거야, 포기하지 않고. 그래야 물고기도 돌아오고 새들의 지저귀는 소리도 들을 수 있는 거야.

안산에 가면 20년 동안 노력한 결과 수달과 삵의 개체수가 증가한 것을 확인할 수 있어. 뉴스에 보도된 내용을 보면 시화호 상류에 조성된 갈대습지공원에서 희귀동물인 수달과 삵이 새끼를 번식하며 안정적인 생태계를 구축하고 있다고 해. 2014년 이후 모두 7마리를 방사했는데 이 중 암수 2마리가 살아남았고 매년 번식이 이뤄져 지금은 20여 마리로 개체 수가 늘었다고 해. 천연기념물이자 세계적 멸종위기종인 황새와 저어새도 습지공원을 근거지로 해서 개체 수를 늘려가고 있어.

안산갈대습지공원은 한국수자원공사가 안산 시화호 상류에다

떠났던 물고기가 찾아오고 새들의 노래소리를 들을 수 있는 안산갈대습지공원

1997년 9월에 갈대를 활용한 습지공원을 만들기 시작해서 5년 후인 2002년 5월에 문을 열었어. 31만 4천 평의 국내 최초로 만든 대규모 인공습지공원이야. 시화호로 유입되는 반월천, 동화천, 삼화천의 수질을 개선하기 위하여 갈대 등 수생식물을 이용해서 자연정화처리식 하수종말처리장으로 하수를 처리하기 위한 시설물로 갈대습지공원을 만든 거야.

그런데 갈대가 어떻게 정화를 시키는 걸까. 오염물질이 들어오면 갈대에 의해서 물의 흐름이 느려지게 돼. 그때 갈대 뿌리와 갈대에 붙어 있는 미생물이 물 속에 있는 오염물질을 흡수하고 유기물, 질소, 인 등 미생물 분해를 하면서 물을 정화시키는 거야.

간단한 것 같지만 금방 할 수 있는 일은 아니었어. 하지만 문제를 알게 된 사람들이 답을 찾았고 이를 실천하면서 생태계를 살아나게 한 거야.

이런 노력 끝에 이제 안산갈대습지공원은 친환경 공원으로 알려져서 많은 사람들이 찾고 있어. 자연 생태 환경을 보호하는 살아있는 교육의 장소이고, 습지를 끼고 산책로가 있어서 일상에서 벗어나 산책도 하고 에너지도 충전할 수 있는 곳이야.

갈대습지 입구에 있는 조류관찰대에서는 다양한 조류를 볼 수 있는데 그 수가 꾸준히 늘어나고 있어. 습지내의 식물도 다양한 수생식물과 야생화가 있고, 철새들도 시화호 일대를 열심히 날고 있어. 안산갈대습지가 시화호를 다시 살아나게 한 거야.

군포시를 병풍처럼 둘러싸고 있다, 수리산 수리사

산 규모가 크고 봉우리가 많아 능선이 이리 저리 뻗어 있는 산은 등산을 좋아하는 사람들에게 여러 코스 중 고를 수 있는 즐거움을 주곤 해. 군포에 있는 수리산은 다양한 산행을 즐길 수 있는 산이지. 군포 시민뿐만 아니라 가까이에 있는 안양, 안산 시민들도 즐겨 찾는 수리산은 빼어난 경치로 유명해.

수리산의 이름도 산봉우리가 독수리 같다는 말, 신라 진흥왕 때 세운 절이 신심을 닦는 성지여서 수리사라고 한 데서 나왔다는 말, 그리고 조선시대에는 왕손이 수도를 해서 왕의 성인 이(李)자를 붙여서 됐다는 말이 있지만 〈대동지지〉에 '취암봉(수암봉)이 있는데, 독수리 취 자를 일컬어 수리라고 한다.'는 문구가 나온 걸 보면 산봉우리가 독수리 같아서 수리산이라고 했다는 이야기 쪽으로 기우는 것 같아.

수리산 지형을 보면 수리산이 군포시 서쪽에 남북으로 길게 뻗어 있고, 안산시, 안양시와 경계를 이루고 있어서 군포, 안양, 안산에서 사람들이 즐겨 찾는 곳이야.

울긋불긋 단풍이 든 수리산의 모습

수리산에 신라 진흥왕 때 세워진 절이 있는데, 바로 수리사란다. 한때는 대웅전 말고도 36동의 건물이 있었고, 12개의 암자가 있는 굉장히 큰 절이었어. 임진왜란 때 대부분의 건물이 파괴되었는데 전쟁이 끝난 후에 의병장이던 홍의장군 곽재우가 수리사에 들어와 절을 다시 세우고, 이곳에서 수행하면서 말년을 보냈다고 해. 그후 여러 번 고치고 수리하면서 지내왔으나 한국전쟁 때 모든 건물이 불에 타버렸어. 1951년 1.4후퇴로 한강유역을 빼앗긴 UN군이 다시 한강유역을 확보하기 위해 전투를 벌였는데, 당시 수리산은 3일 동안 UN군의 폭격으로 황폐화가 돼버렸단다. 전쟁이 끝나고 1955년에 다시 지었고 1988년에 전통사찰로 지정되었던 거야. 한국전쟁 이전 자료인 조선총독부 관보에 보면 수리사에는 목제 아미타불 좌상과 토제 관음보살, 그리고 16두의 토제 나한 입상과 다수의 탱화가 있었지만 안타깝게도 전쟁과 함께 타버린 거야.

지금도 수리사 뒤편 계곡을 따라 오래 된 축대와 주춧돌과 기와 조각들이 발견되고 있으니 옛 절이 얼마나 컸었는지 짐작만 할 뿐이야. 오층석탑이 있었다고 하는데 파손되어 없어지고 허전한 마음을 달래듯 정성스레 쌓은 돌탑에 눈길을 주게 돼.

철도와 과학으로 미래를 꿈꾸다

의왕시_철도박물관
과천시_국립과천과학관

한국 철도 역사는 여기에 있다, 의왕철도박물관

우주여행이 시작됐지만 왠지 여행 하면 기차여행의 즐거움을 빼놓을 수가 없어. 어른들에게는 수학여행을 떠나던 때의 기차가 떠오를 것이고, 아이들에게는 KTX가 떠오를 거야. 기차에 관한 모든 것을 한 곳에서 볼 수 있는 곳이 바로 의왕철도박물관이야.

기차에 관한 모든 것을 알려주고, 실제 사용했던 기차들이 전시되어 있고, 철도모형 디오라마실이 있어서 관람객들이 줄을 서서 보려고 하는 곳이야. 이렇게 즐거운 추억이 가득한 기차지만, 우리나라 철도 역사의 시작은 식민지 지배와 수탈의 도구로 시작되었고, 일제강점기 내내 곡식, 광물, 심지어 전쟁에 이용할 사람까지 실어나르는 수탈이 철도를 통해서 계속되었단다.

아픔과 추억의 역사를 함께 해온 철도박물관으로 떠나보자.

박물관으로 들어서면 중앙에 있는 증기기관차를 축소한 모형과 벽에 걸려 있는 커다란 사진이 한눈에 들어와.

이것은 1897년 3월 22일 경인철도기공식에서 실제로 운행했던 파시형 증기기관차를 1/5로 축소해 놓은 모델인데 실제 운행도 가능하다니 신기하지. 증기기관차 축소 모형 뒤 벽에 걸려 있는 사진은 1897년 경인철도기공식 당시의 모습이야.

역사실 중앙에는 칙칙폭폭 소리와 함께 미카 3-129호 증기기관차 앞 모형이 전시되어 있어. 한국전쟁 때 사용된 기관차야.

그런데 이상한 생각이 들지 않니? 기차 이름에 붙여진 파시, 미카는 무슨 뜻일까. 미카는 황제를 뜻하는 일본어 미카도에서 온

황제를 뜻하는 미카라는 이름을 단 증기기관차의 모습

말이고, 파시는 영어의 태평양을 뜻하는 퍼시픽에서 온 말이야. 모갈형 탱크기관차의 모갈은 거인을 뜻하는 모갈에서 온 말이야.

다음 전시실에는 우리나라 철도의 역사를 한눈에 알아볼 수 있게 전시되어 있고 철도와 기차에 대해 해부하듯 설명하고 있어. 철도를 깔고 있는 노동자 모습도 전시되어 있는데 침목도 깔고 선로를 건설하면서 노동자들이 불렀다는 양로가의 노랫소리가 들릴 것만 같아.

이제 철도박물관에서 가장 인기가 높은 철도모형 디오라마실로 가보자. 아침부터 밤 늦게까지 쉬지 않고 운행하는 열차를 관람하는 곳이야. 서울을 축소한 도시 사이로 철도 선로를 깔고 기차역에서 시간에 맞춰 순서대로 열차가 운행을 시작해. 증기기관차가 출발하고 이어서 비둘기호, 통일호, 무궁화호, 새마을호, 수도권 전동열차, 그리고 KTX까지 출발하면 열차는 쉬지 않고 도시를 구석구석 돌다가 다시 기차역에 도착하는 모습이 눈앞에 펼쳐져. 가장 늦게 출발한 KTX가 다른 열차들을 앞지를 땐 우와 하고 탄성이 나오기도 해.

디오라마를 보고 운전체험실에 들어가 직접 기관사가 되어서 열차를 운전해 보는 체험을 하면 더 신나고 즐거울 거야.

2층에서 가장 먼저 만나는 건 KTX 모형이야. 2층은 전기, 시설, 수송서비스 등 철도에 관한 내용으로 전시되어 있어.

야외로 나오면 다양한 열차와 초기 기관차들이 원형 그대로 서 있는데, 직접 열차에 타볼 수 있는 열차가 많아서 기차여행 느낌을 가질 수가 있어.

일제강점기부터 사용되었던 미카 3형 증기기관차도 있고, 2000년도 12월까지 운행되었던 수도권 전동차는 안으로 들어갈 수 있어.

이곳에 대통령 전용 객차도 있으니까 꼭 가서 보도록 해. 이승만 대통령부터 박정희 대통령까지 이용했던 대통령 전용 객차거든. 내부까지는 못 들어가지만 안을 들여다볼 수는 있어서 샤워실, 주방, 식당과 침실을 볼 수 있어.

이밖에도 파시형 증기기관차 23호, 협궤열차, 비둘기호와 통일호, 주한 유엔군사령관 전용 객차까지 많은 기차들을 볼 거야.

생활 속에서 떼려야 뗄 수 없는 철도가 되었지만 철도의 역사를 보면 우리가 알고 있는 역사의 흐름과 함께하고 있다는 걸 알 수 있지. 앞으로 철도는 우리가 만드는 역사를 싣고 우리와 함께 미래로 떠날 거야. 어떤 미래가 펼쳐질지는 우리 손에 달려 있단다.

과학자의 꿈을 펼쳐라, 국립과천과학관

상상의 세계는 어디가 끝일까. 아무도 끝까지 가보지 않은 상상의 세계를 마음껏 펼칠 수가 있다면 얼마나 신나고 즐거울까.

수평선 끝까지 가면 절벽이 나올 거라고 생각한 사람들은 지구가 둥글다는 사실을 받아들이기 힘들었을 거야. 당연하다고 생각하는 것에 의심을 품고 호기심을 갖고 다가가서 말도 안 되는 상상의 세계를 마음껏 펼쳐보고 상상의 세계를 현실로 눈앞에 만들 수 있다면 즐겁고 행복하지 않을까. 이런 행복한 세상을 만들어 줄 수 있는 곳, 국립과천과학관으로 가보자.

국립과천과학관에서는 천문우주부터 생명과 자연을 아우르는 기초과학, 그리고 첨단기술까지 다양한 분야의 과학에 대한 지식을 얻고 체험할 수 있는 곳이야.

호기심을 자극하고 궁금증을 해결하는 데서 그치지 않고 다양한 기술을 익히고 새로운 아이디어를 실현할 수 있는 곳이지. 의심을 품고 질문을 만들어내는 과학관에서 마음껏 의심하고 신나게 상상해 보자.

국립과천과학관은 심심할 때 놀러가듯 자주 가서 하루는 자연과 놀기도 하고 하루는 별자리를 보기도 하고 또 어떤 날은 옛날 사람들도 과학을 했을까 의심하며 찾아보기도 하면서 친해져야 할 곳이야.

과학탐구관에서는 자연 속에서 문제를 찾고 해결하는 것을 경험해 보는 공간이야. 빛, 공기, 물, 땅의 4개 코너로 되어 있는데, 테슬라코일, 토네이도, 지진체험, 태풍체험 등이 인기가 있단다.

자연사관은 138억 년의 우주와 지구의 역사를 다루고 있어. 고생물의 실물 자료와 증강현실(AR), 미디어파사드, 고화질 와이드영상 등으로 구성되어 있단다.

한국과학문명관은 한국의 과학 역사를 알 수 있는 곳이야. 과학기술은 한국문명을 발달시켰는데, 문명을 구성하는 정치, 복지, 경제, 문화예술, 군사에 과학기술은 중요한 뿌리가 되어왔어.

첨단기술관은 과학의 진보된 기술을 보여주는 곳이야. 항공, 우주, 에너지, 소재 분야로 구성되어 있는데, 우주여행극장, 자이로스코프, 월면점프, 유인조종장치 등을 체험해 볼 수 있단다.

미래상상SF관은 4차 산업혁명으로 미래세상과 우주시대를 상상해 보고 체험해 볼 수 있는 곳이야. 로봇, 인공지능, 에너지·환경, 생명과학, 우주과학문명, 휴먼과 에일리언 및 미래직업세상, 한국 SF역사관, SF스테이지 등으로 구성되어 있어.

과천과학관의 천체투영관은 돔 상영관이야. 이곳에서는 밤하늘의 별과 행성들의 위치를 보고 체험할 수 있단다.

곤충생태관은 곤충이 얼마나 치열하게 살아가고 있는지 곤충의 세계를 재미있게 여행할 수 있는 곳이야.

대한민국의 과학 꿈나무들이 즐겨 찾는 국립과천과학관

과거와 현재를 품고 있는 섬

강화도_전등사, 부근리고인돌, 고려궁지, 용흥궁,
대한성공회강화성당, 광성보, 초지진

원래 경기도의 섬이었다가 1995년 행정구역 개편에 따라 인천광역시 강화군으로 행정구역이 바뀐 섬, 강화도는 제주도, 거제도, 진도에 이어서 4번째로 큰 섬이야. 원래는 남해도보다 작았는데, 간척사업을 하면서 면적이 늘어나 4번째의 섬이 되었단다.

강화도가 이렇게 큰 섬인데도 섬이라고 느끼지 않고 내륙 같은 이유는 김포와 연결된 강화대교와 초지대교 덕분이야.

강화도는 선사시대부터 현대까지 역사의 중심에 서 있었던 곳이야. 한강, 임진강, 예성강이 서해바다로 연결되어 있어서 군사적 요충지였어. 고려시대에는 몽골의 침입으로 강화도로 수도를 옮기기도 했고, 조선시대에는 청나라의 침입으로 왕실의 피난처이기도 했고, 근현대에는 병인양요, 신미양요 때 프랑스, 미국이 강화도를 공격했고, 일본과 강화도조약을 맺은 곳이지.

역사의 현장이자 고인돌이 많아 세계문화유산으로 지정되었고, 화문석, 순무로 유명한 관광지인 강화도로 여행을 떠나볼까.

조선왕조실록을 보관한 사고를 지켜라, 전등사

381년(소수림왕 11)에 아도화상이 절을 세우고 진종사라고 했는데, 고려 충렬왕 때 왕비 정화궁주가 이곳에 경전과 옥등을 바치면서 전등사라고 부르게 되었단다.

숲길을 따라 올라가 산성 안으로 들어가는데, 전등사는 정족산 삼랑성 안에 있어. 정족산은 세 발 달린 가마솥처럼 생겼다는

이 계단을 올라가면 전등사 앞마당으로 이어진다.

뜻이고, 삼랑성은 단군이 세 아들을 시켜 성을 쌓았다는 뜻이야. 〈세종실록지리지〉에도 삼랑성은 단군이 세 아들을 시켜 토성을 쌓았고, 삼국시대에 토성 자리에 석성을 쌓아올렸다고 되어 있어.

700년 넘은 은행나무를 만나면 은행나무에 얽힌 이야기를 생각하면서 잠시 쉬어 보자. 일 년에 은행이 열 가마 나오는 은행나무인데 세금으로 스무 가마를 내라고 하자 은행나무에 은행이 열리지 않도록 해달라고 기도한 이후 은행은 열리지 않게 되었고 세금도 내지 않게 됐다는 이야기야. 참으로 신통한 해결책인 것 같아.

전등사 마당에 서면 대웅보전 건물이 한눈에 들어와. 조선 선조와 광해군 때 큰 불이 나서 절이 모두 타버렸는데, 다시 짓기 시작해서 1621년(광해군 13)에 완공되었어. 대웅보전은 이때 지어진 건물이야. 400년 된 건물이라 매우 고풍스러워 보여.

이 건물에 재미난 전설이 있는데, 네 모서리 기둥 꼭대기를 보면 처마 밑에 사람이 쭈그리고 앉아 두 손으로 지붕을 떠받치고 있는 모습의 조각이 있어. 공사를 맡았던 도편수(목수)가 이곳에 머물면서 마을의 주모에게 마음을 빼앗겨 번 돈을 모두 맡겼는데 돈을 가지고 사라져버렸대. 고민하던 도편수는 마지막 공사를 하면서 주모의 모습을 조각해서 넣은 거야. 부처님 말씀을 들으면서 잘못을 뉘우치라는 뜻으로 만들었다고 하는 이야기야. 벌을 받았을까 잘못을 뉘우쳤을까 어느 쪽인지 궁금하네.

이제 전등사 뒤 언덕에 있는 정족산사고로 가볼까.

역사 기록과 문서, 책을 보관하고 있는 곳을 '사고'라고 하는데, 조선 왕의 기록을 적은 실록을 보관하기 위해 궁궐 안에 춘추관과 충청도 충주, 경상도 성주, 전라도 전주에 사고를 설치해서 기록물들을 보관했어. 그런데 임진왜란이 일어나 춘추관과 충주, 성주의 사고가 불에 타 없어졌고 전주의 사고만 남게 되었단다. 오랜 시간 동안 전주사고에 있는 실록을 여러 벌 만들어 분산해서 보관하게 되었고 이곳 정족산에도 사고를 만들어 보관하였던 거야. 실록은 불에 약하기 때문에 여러 곳에 보관하였단다. 500년 조선왕조의 기록인 조선왕조실록이 수난을 겪으면서도 살아 남게 된 것은 이런 조상들의 지혜가 있었기 때문이야. 이런 노력으로 조선왕조실록은 1997년 유네스코 세계기록유산으로 등록되었어.

복원된 정족산사고 앞에 있으면 역사를 기억하고 보존하는 것이 얼마나 어려운 일인지 느껴져.

세계문화유산, 부근리고인돌

교과서에 나오는 청동기시대 유물 고인돌이 강화도에 있어. 하점면 부근리 밭에 있는데, 너무 커서 멀리서도 한눈에 띌 정도야.

고인돌이 뭘까. 큰 돌을 괴고 있다고 해서 고인돌이라고 하는데, 청동기시대 무덤이라고 해. 한자로는 지석묘, 영어로는 돌멘

유네스코 세계문화유산으로 지정된 강화도 부근리고인돌

이라고도 해. 논밭에도 있고, 낮으막한 언덕에도 있는데, 언뜻 보면 커다란 바위덩어리로 보인단다. 옛날에는 집을 지을 때 커다란 바위가 발견되기도 하고 시골에서는 장독대로 쓰기도 했을 거야. 고인돌이 청동기시대 유물이라는 것을 알게 되고 조사 발굴한 이후에 우리나라에 많은 고인돌이 있다는 것을 알게 됐어. 전세계 고인돌의 반 이상이 우리나라에 퍼져 있을 정도야. 그중에 고창, 화순, 강화의 고인돌을 합쳐서 유네스코에서 세계문화유산으로 지정했단다.

부근리에 있는 고인돌은 거대한 탁자식 고인돌이야. 탁자처럼 생겼으면 탁자식 고인돌, 바둑판 모양이면 바둑판식 고인돌, 받침이 없이 덮개돌만 있으면 개석식 고인돌이라고 해.

부근리고인돌은 앞뒤로 뻥 뚫린 모습인데 처음에 무덤을 만들 때는 사방이 모두 막혀 있었을 거야. 오랜 세월 지나면서 없어진 것으로 보여. 높이가 260cm, 길이가 710cm, 폭이 550cm로 남한에서는 가장 큰 탁자식고인돌로 알려져 있단다.

강화도에는 부근리고인돌 말고도 100여 기가 발견되었으니 우리나라는 고인돌의 나라라고 해도 지나치지 않을 거야.

외규장각 도서를 지켜라, 고려궁지

고려시대에는 궁궐이 있었고, 조선시대에는 유수부로 사용했던 유적지가 강화 시내 가까이에 있어.

큰 길에서 강화초등학교 방향 골목으로 들어가 학교를 지나 언덕을 올라가면 고려궁지가 있단다. 몽골의 침입으로 1232년(고려 19)에 강화도로 수도를 옮겼다가 1270년(원종 11) 개경으로 다시 돌아올 때까지 39년간 고려 궁으로 사용하던 곳이야.

조선시대 인조 때 이곳에 행궁을 세우고 강화유수부, 외규장각을 세웠지만 병자호란 때 함락되고, 병인양요 때 프랑스군이 불태워버리는 등 계속 수난을 겪었던 곳이지.

현재 고려궁지에는 고려궁과는 상관없이 조선시대의 이방청과 동헌을 볼 수가 있어. 행궁을 지을 때 궁 안에 여러 건물을 지을 때 외규장각도 행궁 안에 짓는데, 잔디밭 위에 덩그러니 외규장각이 있는 걸 보면 이곳을 불태우고 떠난 프랑스군이 원망스럽기도 하고 힘이 없는 조선이 안타깝기도 해.

1866년 천주교 탄압에 대항하기 위해 프랑스함대가 강화도로 쳐들어왔단다. 정족산성에서 양헌수 장군이 프랑스군을 물리쳤는데, 프랑스군은 철수하면서 외규장각에 있던 책들과 보물 등을 약탈한 후 불을 지르고 중국으로 떠난 거야.

이렇게 역사로만 남아 있던 일이 1975년 프랑스 국립도서관에서 일하던 박병선이 베르사이유 별관 창고에서 발견하고 세상에 알려지게 되었어. 외규장각 도서를 다시 찾아오기 위해 많은 일

고려궁지에 복원한 조선시대 도서관 외규장각 건물

들이 있었지만 쉽게 돌아오지 않다가 2010년 11월 G20 정상회의에서 외규장각 도서를 5년마다 갱신하는 임대 형식으로 빌려오기로 합의하고 296권이 돌아오게 되었어. 많은 어려움 끝에 우리 문화재를 찾아오긴 했지만 빌려오는 형식이라니 너무 마음이 아프단다. 이제 우리에게 던져진 숙제는 돌아온 문화재를 얼마나 잘 보존하고 연구하고 지켜내느냐 하는 것이야.

이곳에는 강화동종이 있어. 성문을 열고 닫을 때 시간을 알리던 종인데, 고려궁지를 새로 복원하면서 진품은 강화역사박물관으로 옮기고 똑같은 종을 만들어 이곳에 두었단다. 강화동종은 병인양요 때 프랑스군이 가져가려다 실패하고 두고 간 종이야.

고려궁지는 지금은 고려궁의 화려한 모습은 볼 수도 없고, 강화도를 관리했던 유수부의 모습만 남아 우리를 반기지만 고려부터 조선까지 몽골, 청나라, 프랑스의 침입을 온몸으로 막아낸 치열한 역사의 현장이란다.

강화도령이 왕이 되다, 용흥궁

농사짓던 사람이 왕이 된다면 믿을 수 있을까. 실제 조선시대에 강화도에서 농사짓다가 19살에 왕이 된 사람이 있는데, 바로

철종이 왕이 되기 전까지 살았던 용흥궁

철종이야.

고려궁지 근처에 철종이 왕이 되기 전까지 살던 집이 용흥궁이야.

원래 강화도령이 살던 초가집을, 강화유수가 새로 짓고 용이 나온 집이라는 뜻으로 용흥궁이라 이름붙인 거야. 그리고 왕이 되기 전에 살던 집(잠저)이라는 글을 새겨 '잠저구기비각'을 세웠어.

들어가 보면 넓지 않은 공간에 내전, 외전, 별전을 두어 형식을 갖추었고 소박하지만 품위가 있게 만들었단다.

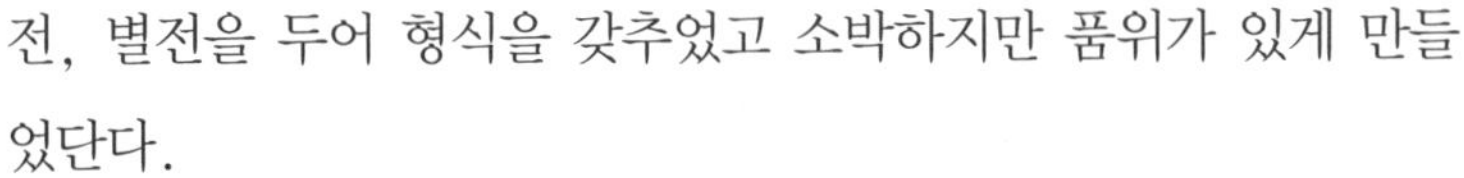

철종의 이름은 원범인데, 사도세자의 아들이자 정조의 이복동생인 은언군이 할아버지야. 은언군은 아들이 반역을 저질렀다고 해서 강화도로 유배를 갔고, 신유박해 때 천주교 신자였던 부인과 며느리와 함께 죽임을 당했어. 철종의 형(이원경)이 왕위옹립 사건을 꾸미다가 발각되어 죽임을 당했어.

집안이 반역에 얽혀 강화도에 유배되면서 가난한 농부로 살아가야 했던 이원범에게 왕이라는 천지개벽할 일이 생긴 것은 당시 왕이었던 헌종이 대를 이을 아들이 없는 상태에서 세상을 떠났기 때문이야. 6촌 안에 왕족이 없어서 헌종의 7촌인 강화도에서 농사지으며 살고 있는 19살의 이원범에게 왕위를 물려주었던 거야. 드디어 25대 왕 철종이 탄생한 거란다.

그러나 농사꾼에서 최고의 권력자인 왕이 되었지만 안동김씨의 세도정치를 이겨낼 수는 없었을 거야. 세도정치의 피해는 고스란히 백성들에게 넘어갔고 이곳저곳에서 민란이 일어났지만 제대로 수습할 수가 없었단다.

파란만장한 철종의 삶을 생각하며 용흥궁을 돌아보면 나무 하나 꽃잎 하나 슬프지 않은 것이 없어.

최초의 한옥 성당, 대한성공회강화성당

용흥궁 옆 언덕 위에 전통한옥이 있는데, 성공회 성당이야. 근처에 천주교 인천교구 강화성당과 구별하기 위해서 '강화읍성당'이라고도 해. 건물 모습은 겉은 한옥으로 만들고 안에는 바실리카 양식으로 지은 거야. 바실리카는 고대 그리스 신전을 로마식으로 발전시킨 건축 형태란다.

성공회는 종교개혁으로 로마 가톨릭에서 떨어져나가 영국 국교회와 합해진 거야. 1890년 제물포를 통해 성공회 신부들이 들어왔고, 1893년 강화도 갑곶 나루터에서 선교를 시작하였지. 조선왕실 해군사관학교(통제영학당)의 영국인 교관한테 땅을

전통 한옥의 모습을 하고 내부는 바실리카 형태를 한 대한성공회강화성당

사서 1900년에 찰스 존 코프(C. J. Corfe) 주교가 '성 베드로와 바울로 성당'으로 지은 거란다.

특히 나중에 성공회 3대 주교가 된 마크 트롤로프(한국 이름 조마가) 신부가 신의주에서 구해온 백두산 나무를 목재로 사용하고, 경복궁 짓는 데 참여했던 도편수가 총책임자가 되어 최고의 건축물을 지으려고 했단다.

서양 종교와 한국 전통이 만나서 탄생한 독특한 건축물이야.

조선군의 투지에 놀란 미국, 광성보

강화도는 서해에서 한강으로 들어오는 입구에 있는 섬이야. 한강을 지나 한양까지 가려면 강화도를 지나야만 했어. 특히 강화해협은 마포와 개성, 중국까지 갈 수 있는 포구가 있어서 한양을 지키는 군사요충지였는데, 이곳에 있는 광성보는 강화도 요새의 총사령부였어.

광성보에는 성문인 안해루가 있고 안해루를 나가면 바다를 볼 수 있단다. 안해루 옆으로 난 언덕길을 따라 걸어가면

광성보 전투에서 치열한 싸움이 벌어졌던 용두돈대

쌍충비각, 신미순의총을 만나고 위로 손돌목돈대가 있고 옆으로 난 길로 내려가면 용두돈대까지 가서 바다를 볼 수 있어.

1866년 미국 상선 제너럴셔먼호가 조선에 통상을 요구하다가 대동강에서 불에 탄 사건이 일어나자 이에 대한 보복으로 1871년 미국 해병대가 전함 5척을 이끌고 조선을 침략했는데, 이것을 신미양요라고 해. 이때 광성보 전투에서 죽은 어재연 장군과 동생 어재순 장군을 기리는 비석이 쌍충비각이야. 아래쪽에는 신미순의총이 있는데 광성보 전투에서 싸우다 죽은 사람들의 무덤이야.

미군 전쟁사에 '48시간 전쟁'이라고 기록될 정도로 치열한 싸움이 벌어졌어. 신무기로 무장한 미국 해군을 상대로 어재연 장군과 조선의 병사들은 물러서지 않고 싸웠지만 어재연 장군 등 430여 명이 전사하고 20여 명이 포로로 잡혔단다. 비록 패했지만 광성보 전투는 미군에게도 조선군의 투지를 보여준 전투였단다.

운요호 사건의 현장, 초지진

강화도는 사계절 내내 관광객이 찾는 곳이야. 섬이지만 배를 타지 않고 차로 이동할 수 있기 때문에 강화도로 들어가는 길목은 항상 병목현상이 일어나고 있어. 강화대교에 이어 남쪽에 초지대교를 놓으면서 나아지긴 했지만 여전히 강화도를 찾는 사람들이 많아서 차들이 많이 정체되곤 해.

김포의 유명한 포구인 대명항에서 초지대교를 건너면 초지진이

강화해협 입구인 초지진은 운요호 사건이 일어난 곳이다.

있단다. 초지진은 강화해협의 입구에 있기 때문에 해상으로 침입하는 적을 막기 위하여 조선 효종 때 요새를 세웠어.

조선으로 들어오는 배들은 강화해협을 지나야 한강으로 갈 수가 있어. 그러다 보니 해협의 입구에 있는 초지진은 매우 중요한 요새란다.

병인양요 때 침입한 프랑스 로즈의 극동함대와 신미양요 때 침입한 미국 로저스의 아세아 함대를 맞아 치열하게 전투를 치러야 했어. 특히 1875년 8월에 조선 앞바다에 나타난 일본 군함 운요호를 상대로 충돌하기도 했어. 일본은 이 사건을 트집잡아 조선에 군대를 보내 무력으로 압박해서 1876년에 조선 대표 신헌과 일본 대표 구로다 기요다카 사이에 강화도조약을 맺고 일본 침략의 길을 터준 계기가 되었단다.

초지진에 가면 바다가 한눈에 보이는 곳에 공원처럼 되어 있어. 성곽을 보수하고 대포를 진열해서 이곳이 역사의 현장이었다는 것을 알 수 있지. 그리고 전투 때 포탄 맞은 흔적이 남아 있는 나무도 있어. 지금은 평화롭기만 한데 포탄의 흔적을 안고 있는 나무를 보면서 전쟁의 무서움을 다시 한번 느낄 수 있단다.

3부

역사를 가슴에 품다

치욕의 역사를 넘어 세계유산으로

성남시_남한산성도립공원

서울의 야경은 이곳에서, 남한산성도립공원

2014년 유네스코 세계유산으로 등재된 남한산성은 경기도 광주시, 하남시, 성남시에 걸쳐 있는 산성으로, 등산하는 사람들, 산책하는 사람들, 역사 공부하는 사람들이 섞여 즐겨 찾는 곳이야. 밤에 산성에 올라가면 서울의 화려한 불빛들이 장관을 이루고 있어. 롯데월드타워가 우뚝 서 있고 그 아래에 펼쳐진 도시의 불빛을 찍기 위해 많은 사람들이 모여들곤 해.

이렇게 아름답고 평화롭기만한 남한산성에서 고립된 조선의 왕과 백성들은 엄동설한에 45일 동안 목숨을 건 전투를 치러야 했단다. 이제 시간을 돌려 1636년 겨울 남한산성으로 떠나보자.

200년 동안 평화롭게 살던 조선은 임진왜란을 치르면서 엄청난 시련을 겪었어. 그런데 폐허에서 힘들게 견디고 다시 일어섰지만 이번에는 청나라가 쳐들어오고 말았어. 병자년에 오랑캐가 쳐들어왔다고 해서 병자호란이라고 불러. 이때 1636년(인조 14) 겨울부터 이듬해 1월까지 45일 동안 엄동설한에 남한산성에서는 청나라와 전투가 벌어졌어. 청나라 군대를 피해 인조가 남한산성으로 들어가 성문을 걸어 잠그고 맞섰던 거야.

17세기 초에 누르하치가 여진족을 통일하고 후금을 세웠는데, 다시 나라 이름을 청나라로 바꾼 뒤 명나라를 무너뜨리고 중국 대륙을 차지하면서 조선을 침략했어.

조선은 끝까지 싸우자는 쪽과 화약을 맺고 훗날을 기약하자는 쪽이 서로 대립했지만 청의 공격을 막지는 못하였단다. 인조는

남한산성 서문에서 바라본 도시의 야경 모습. 롯데월드타워가 한눈에 보인다.

왕세자와 왕실 가족들을 강화도로 먼저 피난시키고 자기도 강화도로 가려고 했는데 이미 파죽지세로 밀고 온 청나라 군대에 길이 막혀 강화도로 갈 수가 없었어. 할 수 없이 남쪽으로 방향을 틀어 남한산성으로 피난을 간 거야. 남한산성에는 두 달 정도 버틸 수 있는 식량과 만여 명의 군사밖에 없었지만 45일 동안 12만 대군을 끌고 온 청나라 군대와 맞서 싸웠지.

남한산성에서 열악한 조선군이 두 달여 동안 치열하게 공방전도 벌이고 선제 공격도 하면서 버티고 있었어. 목숨이 다하는 날까지 싸워야 한다는 신하들과 일단 화해하고 훗날을 기약해야 한

남한산성에는 굽이굽이 이어진 성곽을 끼고 산책할 수 있다.

다는 신하들이 왕 앞에서 대립했지만 인조는 쉽게 결론을 내리지 못하였어.

대군을 이끌고 온 청나라 군대는 쉽게 이길 거라고 생각했지만 남한산성이라는 지리적 이점을 활용해 몇 차례 전투에서 물러서지 않는 조선 군대를 보면서 장기전에 돌입했고 다른 방법을 찾아 조선의 왕을 압박하기 시작했어.

그러다 강화도가 함락되고 왕세자와 가족들이 모두 인질로 잡혔다는 소식이 인조에게 전해졌어.

인조는 할 수 없이 청나라에 항복하기로 결정했단다. 인조는 왕의 옷을 벗고 신하의 옷으로 갈아입고 남한산성에서 내려와 삼전도에 마련된 수항단에서 청태종에게 삼궤구고두라는 치욕스런 예를 올리고 항복하였어. 삼궤구고두는 청나라 풍습으로 신하가 황제에게 예를 바치는 것인데 세 번 절을 하고 한 번 절할 때마다 머리를 땅에 박는 거야. 이로써 병자호란은 끝이 난 거야. 조선은 청나라의 신하가 되었고, 청나라는 소현세자와 봉림대군, 끝까지 싸우자고 주장한 척화파 신하들과 20만 명의 백성을 인질로 끌고 갔단다.

남한산성은 조선시대의 산성으로 인조 4년(1626)에 대대적으로 보강해서 튼튼하게 만들었어. 험준한 산세를 이용해서 방어를 잘 할 수 있도록 만들었는데, 산 위에 마을을 만들 정도로 넓은 지역이 있어서 왕이 대피하여 지낼 수가 있었던 거야.

수어장대는 장군이 군사를 지휘하는 곳으로 4개가 있었는데 지금은 한 군데만 남아 있단다.

사방에 문을 만들어 통하게 했는데, 동문은 좌익문이라고 하고 가장 낮은 곳에 계단으로 만들어서 우마차가 지나다닐 수는 없었어. 우익문인 서문은 병자호란 때 인조가 세자와 함께 이 문을 통해 청나라 진영으로 가서 화의를 맺고 항복했던 문이야. 남문은 남한산성을 짓기 전부터 있었는데 지화문이라고 하고 4대문 중 가장 큰 문으로 관광객이 가장 많이 드나드는 곳이야. 그리고 전승문이라고 부르는 북문이 있어.

산성에는 왕이 오면 머물 수 있는 행궁을 지었는데, 행궁은 유사시에 왕이 잠시 동안 머물러 지낼 수 있게 만든 임시 궁궐이야.

남한산성에도 행궁이 있어. 전쟁 중이거나 내란이 있어서 왕이 궁궐을 떠나야 할 때 지원부대가 도착할 때까지 왕이 머물 장소로 사용하기 위해서 인조 4년에 세웠단다. 지금 볼 수 있는 남한산성 행궁은 다시 복원해서 지은 거야.

남한산성도립공원은 경기도 광주시와 성남시 경계에 있는데, 도립공원은 국립공원에 맞먹는 자연풍광을 보호하고 이용하기 위해 지정한 자연공원이야.

산성 안에 있는 마을 산성리는 한때는 경기도 광주군청 소재지였던 곳인데, 한국 산성에 있는 마을의 표본이 되고 있단다. 여름에는 피서지로 유명하고, 울창한 숲과 기암들이 많아 등산객들이 많이 찾고 관광객들로 항상 붐비는 곳이야.

남한산성에 올라가면 구불구불 연결된 산성을 따라 산책할 수 있어서 많은 사람들이 이용하는 곳이란다. 서울에서 멀지 않아서 야경을 보기 위해 가족들끼리 많이 오곤 해.

엄동설한에 턱 밑까지 쳐들어온 청나라로부터 산성을 지키려 했던 인조에게 남한산성은 그냥 산성이 아니라 조선이었을 거야. 조선에게 치욕의 역사를 남겨준 장소지만 더 이상은 그런 일이 이 땅에서 일어나서는 안 된다는 마음가짐을 가지면서 산성을 걸어 보자.

남한산성의 수어장대

신도시를 건설하라

수원시_수원화성, 화성행궁, 지도박물관

정조의 개혁정치를 펼친, 수원화성

"나는 사도세자의 아들이다."

조선의 22대 왕으로 즉위한 정조가 즉위식 후에 신하들 앞에서 한 말이야.

정조가 11살 때 할아버지 영조가 아버지 사도세자를 죽이는 일이 발생했어. 권력투쟁 속에서 영조와 사도세자는 사이가 멀어졌고 결국 아들을 죽이는 일까지 생긴 거야.

가슴에 아픔을 누르고 왕위에 오른 정조가 사도세자를 죽음으로 몰아넣는 데 관여한 신하들이 있는 곳에서 이렇게 외친 거야.

정조는 왕위에 오른 후 사도세자의 명예를 회복시키는 일을 했어. 사도세자의 무덤을 수원으로 옮기고 이를 계기로 정든 땅을 떠나야 하는 사람들에게 새로운 살 곳을 주었는데, 팔달산 아래 새로운 도시를 만들어 이주해서 살게 한 거야. 그 도시가 바로 수원화성이란다.

수원화성은 백성을 생각하는 정조의 마음이 담겨 있는 도시였어. 화성을 건설하면서 정조는 천재 실학자인 정약용에게 설계를 맡겼단다. 정약용은 전통 방법과 중국을 통해 들어온 서양 책을 참고해서 화성을 설계했지. 거중기나 녹로 같은 기계를 만들어 10년 걸릴 공사 기간을 2년 9개월로 앞당기기도 했단다.

수원화성은 마을 사람들이 안전하게 생활할 수 있는 읍성과 전쟁에 대비해 쌓는 산성을 모두 갖춘 성곽 도시야. 산성이라고 하지만 야트막한 구릉을 따라 성곽을 지어서 성곽의 높이도 똑같지 않고 구불구불 이어진 것이 아름다울 정도야.

높은 지형을 활용하여 보이지 않는 곳에서 적을 공격할 수 있는 공심돈을 세우고, 문 근처에 포루와 적대를 세워 적의 공격에 대비하기도 했어.

야트막한 언덕 위에 지은 수원화성의 동장대

정조는 이곳에서 군사 훈련을 하기도 하고, 전국 상인들이 모여 장사할 수 있도록 시장을 만들어 백성들의 삶이 나아지도록 하였단다.

정말 놀라운 일은 성곽을 지으면서 모든 과정을 기록으로 남겼다는 거야. 바로 〈화성성역의궤〉야. 화성 건설 계획부터 공사 기간, 동원된 사람, 재료, 건설 방법 등 모든 것을 글과 그림으로 자세히 기록하였단다.

화성에는 11개의 문이 있는데, 장안문, 팔달문, 창룡문, 화서문이 동서남북에 있고, 전쟁시 비상용으로 드나들 수 있는 5개의 암문, 그리고 물을 흐르게 하는 남수문, 북수문이 있어. 특히 장안문은 한양에서 오면 이곳을 지나가기 때문에 북문인데도 가장 크고 아름답단다. 적의 공격을 막기 위해 옹성을 세웠고, 옹성 문 위에 오성지가 있어서 적의 불 공격에 대비하여 물을 저장해 놓을 수 있었어.

화성에서 주위를 감시하기도 하고 쉴 수 있도록 각루를 세웠는데, 가장 경치가 아름다운 곳에 세워진 동북각루는 '방화수류정'이라고 부르기도 해. 인공 연못이 내려다보이고 수양버들이 하늘거리는 모습은 이곳이 군사시설이라는 것을 잊게 만들곤 해. 적의 공격을 미리 알 수 있도록 동남쪽에 봉화를 피웠던 봉돈도 남아 있단다.

화성에 세워진 건축물 중에서 가장 놀라운 곳은 공심돈이야. 겉에서 보면 벽돌로 높게 만들었고 군데군데 작은 구멍들이 있는데, 안으로 들어가 보면 나선형으로 꼭대기까지 올라갈 수 있게 되어 있고, 작은 구멍들은 무기를 쏠 수 있는 구멍이라는 것을 알 수 있단다. 적이 절대 안을 볼 수 없게 만든 완벽한 건축물이야.

어머니의 회갑연을 열었던, 화성행궁

화성행궁은 사도세자의 무덤을 옮기고, 그곳에 있던 마을을 팔달산 아래로 옮기면서 관청으로 사용하기 위해 세운 거야. 그리고 왕이 수원에 내려오면 머무는 행궁으로도 사용했단다. 정조는 1795년 화성행궁에서 어머니 혜경궁 홍씨의 회갑연을 치르기 위하여 건물의 이름을 바꾸기도 하고 새로 짓기도 해서 1796년에 전체 600여 칸 규모로 완공했어.

행궁은 왕이 지방에 갈 때 임시로 머물거나 별도의 궁궐을 만들어서 임시 거처하는 곳을 말해. 전쟁이 일어나 왕이 피난 가서 지냈던 행궁으로는 강화행궁, 의주행궁, 남한산성행궁이 있고, 왕이 쉬기 위해서 만든 행궁으로는 온양행궁이 있어. 그리고 왕이 지방의 무덤에 참배할 때 머물던 행궁으로 화성행궁이 있단다.

화성행궁의 정문 신풍루. 이곳에서 정조는 혜경궁 홍씨 회갑연을 열었다.

화성행궁의 정문인 신풍루를 지나 좌익문, 중양문을 차례로 지나 안으로 들어가면 행궁의 중심인 봉수당에 도착할 거야. 봉수당은 왕이 생활하는 장락당과 이어져 있고, 왼쪽으로 혜경궁 홍씨의 거처로 사용되는 복내당이 있단다. 봉수당은 원래 이름은 정남헌인데 혜경궁 홍씨 회갑연을 열고 이를 기념하기 위해 봉수당이라고 했어. 봉수당 반대편에는 정조가 활을 쏘거나 화성을 건설하고 축하하는 잔치와 마을 어르신들을 모시고 잔치를 여는 등 특별행사를 했던 득중정과 낙남헌이 있단다.

정조는 1790년 2월부터 1800년 1월까지 11년 동안 12번 능행을 하면서 화성행궁에 머물렀고 이곳에서 여러 가지 행사를 했어. 그리고 정조가 죽은 뒤에는 행궁 옆에 화령전을 세워서 정조의 초상화를 모셨고 순조, 헌종, 고종도 이곳에서 지내곤 했어.

화성행궁이 어떻게 지어지고 이곳에서 어떤 일들이 있었는지를 알려주는 책이 있는데 바로 〈화성성역의궤〉와 〈원행을묘정리의궤〉야. 이 책에 화성과 화성행궁, 그리고 혜경궁 홍씨 회갑연에 관한 것들이 그림으로 남아 있단다.

그러나 화성행궁은 일제강점기 때 봉수당에 병원인 자혜의원을 지으면서 대부분 사라졌어. 지금은 낙남헌과 노래당만 옛날 모습을 볼 수 있단다. 1919년 3.1운동 때 자혜의원에 치료받으러 가던 김향화를 비롯한 기생 30여 명이 경찰서 앞에서 태극기를 들고 만세를 불렀던 장소이기도 해.

국토지리정보원, 지도박물관

경기도 수원시에 있는 지도박물관은 국토해양부 국토지리정보원 부설로 있는 박물관이야. 이곳에 가면 지도의 시작과 지도의 역사에 대한 것을 알 수 있고, 김정호의 대동여지도, 세계의 고지도 등 다양한 고지도를 볼 수 있단다. 특히 독도와 동해를 표기한 서양의 고지도와 일본의 고지도들이 전시되어 있어서 독도가 우리 땅임을 눈으로 직접 확인할 수 있는 곳이야.

지도박물관 주차장 옆에 있는 야외전시장에는 대동여지도를 만든 고산자 김정호의 동상이 있어. 종이 두루마리를 옆에 끼고 한 손에는 측정하는 기구를 들고 서 있는 모습에서 우리나라 곳곳을 저런 모습으로 다녔겠구나 하는 생각이 들 거야. 주위에는 경위도 원점, 측량 기준점 모형(수준점, 삼각점), GPS 안테나 등이 설치되어 있고 아래쪽 체험장에는 거리 측정 체험, 높이 측정 체험, 방향 알기 등을 체험할 수 있으니 우리 집이 어느 방향인지 알아보는 재미도 있을 거야.

야외전시장을 지나 박물관으로 들어가면 중앙홀에 대형 지구의가 있고 전시실 안으로 들어가면 우리나라와 세계의 고지도들이 다양하게 전시되어 있어. 고지도들을 보면 이게 그림이야, 지도야 라는 생각이 들 거야. 지금의 지도와 다른 그림들을 보면 지도를 왜 만들기 시작했는지 상상으로 만들어낸 지도에 담긴 옛날 사람들의 생각을 따라가보는 시간이 재미있을 거야.

김정호의 대동여지도를 자세히 볼 수도 있고, 독도와 동해에 대한 서양 고지도와 일본 고지도에서 독도도 찾아보고 독도의 이름도 찾아보면 독도에 대해 다시 한번 생각해 보는 시간이 될 거야.

지도박물관 공원에 고산자 김정호 동상 앞에는 유명 도시의 방향이 그려져 있다.

효도는 대를 이어 계속되다

화성시_융건릉, 용주사

우리 화성에 가볼까? 우주에 있는 화성이 아니고 수원에 있는 도시인데 조선의 천재 왕인 정조가 세운 신도시가 화성이야. 오늘은 화성에 있는 숲으로 가보자.

그곳에 가면 사도세자의 무덤인 융릉과 아들 정조의 무덤인 건릉이 있고, 가까이에 용주사라는 절이 있어.

아버지와 아들이 숲에 같이 있네, 융건릉

융릉은 사도세자와 혜경궁 홍씨가 함께 묻힌 합장릉이야. 어, 무덤이 하나인데 어떻게 두 사람이 묻혀 있는 걸까. 합장릉은 무덤 안에는 각각의 무덤방이 있지만 봉분을 하나로 만들어서 겉으로 보기에는 하나의 무덤처럼 보이는 거야.

당시 정치의 주도권을 잡고 있던 노론의 모함으로 아버지 영조가 세자를 뒤주에 가두었는데 8일 만에 세자가 죽었단다. 세자에게는 11살짜리 아들이 있었는데 영조 다음에 왕이 된 정조야.

영조는 세자가 죽자 아들을 죽게 한 것을 후회하고 세자의 죽음을 슬퍼한다는 뜻에서 '사도'라는 시호를 내리고 무덤 이름을 '수은묘'라고 했어. 사도세자는 세자의 신분을 잃고 폐서인 되어 죽었기 때문에 보통 사람의 무덤처럼 '묘'라고 불렀어.

그러다가 1776년 영조가 세상을 떠나자 세손인 정조가 왕위에 올랐어. 사도세자가 폐서인되었기 때문에 영조의 첫째 아들인 효장세자의 양자가 된 후 왕위에 오를 수 있었단다. 영조와 사도세

사도세자의 무덤 융릉

자의 갈등과 아버지의 죽음을 지켜본 어린 정조의 마음은 얼마나 슬프고 고통스러웠을까.

정조는 사도세자에게 '장헌'이라는 시호를 올리고 무덤의 이름도 '영우원'이라고 고쳐 불렀어. '원'은 세자나 세자빈의 무덤에 붙이는 이름이기 때문에 사도세자의 신분을 다시 세자로 올린 것이야. 그리고 1789년에는 '영우원'을 화성으로 옮기고 '현륭원'으로 고쳐 불렀단다. 신도시인 화성 건설은 바로 사도세자의 무덤을 옮기는 것에서부터 시작되었지.

'현륭원'이 '융릉'으로 불리게 된 것은 고종 때야. 고종은 장헌세자를 왕으로 올리고 묘호를 다시 '융릉'으로 고쳤단다.

사도세자는 뒤주에 갇혀 죽고, 세자에서 일반인으로 신분이 떨어지는 수모를 겪었지만 죽어서는 왕이 되어 무덤의 이름도 3번이나 바뀌었으니 억울함이 조금은 줄어들었을까?

정조의 효성이 워낙 크고 깊다 보니 전해져 오는 이야기가 있어. 하루는 정조가 현륭원 주변의 소나무들이 죽어가는 것을 보게 됐어. 송충이들이 갉아 먹어 죽어간다는 거야. 아무리 잡아도 송충이가 줄지 않자 정조가 직접 송충이를 잡아 호통을 쳤더니 모두 사라졌어. 정조가 워낙 효성이 지극하다 보니 이런 이야기도 전해져 오는 거야. 정조는 송충이가 극성을 부리자 백성들에게 돈을 주어 잡게 했거든. 이렇게 잡은 송충이는 비록 해를 끼치는 벌레지만 그래도 생명이니 죽이지 말고 바다에 던졌다고 해.

효도는 대를 이어 계속되다

1800년에 정조가 49살의 나이로 창경궁 영춘헌에서 세상을 떠났어. 정조의 아들인 순조가 11살 어린 나이에 왕이 되자 영조의 두 번째 왕비 정순왕후가 수렴청정을 하게 됐지. 정순왕후의 집안은 노론집안으로, 권력은 물론 사도세자의 죽음과 깊게 관련되어 있어서 정조가 왕이 된 후 이들을 제거했어. 정순왕후는 15살 때 51살 많은 영조와 결혼했는데 손자인 정조보다 7살 많아. 그러니 정순왕후와 정조는 서로에게 어떤 마음이었을까. 정조가 신하들과 나눈 대화를 기록한 〈일득록〉과 정순왕후가 쓴 책에는 서로에 대해 얼마나 생각했는지 기록되어 있단다. 이런 마음과 달리 정순왕후는 정조의 정적으로 알려져 있어. 정순왕후가 권력을 잡은 후 죽어서 아버지 옆에 묻히고 싶다고 한 정조의 뜻을 따른 것처럼 보였지만 정조의 무덤은 지대가 낮고 평평해서 무덤으로는 좋은 자리가 아니었어.

나중에 정순왕후가 죽고 나서 정조의 왕비인 효의왕후가 죽자 정조와 합장하면서 무덤자리를 융릉 오른쪽 지금의 자리로 옮기기로 했어. 무덤을 옮기려고 왕의 관을 들어냈을 때 물이 나오는 자리라는 것을 알게 되었어. 순조의 마음이 얼마나 아팠을까. 무덤을 옮겼으니 정조도 편히 쉴 수 있게 되었어.

순조는 정조가 사도세자의 무덤을 자주 찾았던 것처럼 정조의 무덤을 자주 찾아 수원으로 행차했어. 아홉 차례나 행해진 순조의 행차 때는 꼭 정조의 초상화가 모셔져 있는 화령전에 들러 참

정조의 무덤 건릉. 정자각 뒤 언덕 위에 무덤이 있다.

배를 했다고 하니 효도는 대를 이어 계속되고 있는 것 같아.

용이 구슬을 물고 올랐으니 왕위에 오르다, 용주사

융건릉 근처에 용주사가 있어. 용주사는 사도세자의 무덤인 현륭원을 지키고 관리하는 절인데 원찰이라고 해.

왕릉은 한양에서 떨어져 있고, 사람들이 살지 않는 숲 속에 있어. 그러니 왕릉에 제사 지내기 위한 음식을 마련하는 것이나 능을 관리하는 데 어려움이 있었어. 그래서 근처에 절을 지어 제사 음식을 마련하게 하고 왕릉을 관리하게 했던 거야.

원래 이곳엔 신라 문성왕 때 지은 갈양사라는 절이 있었어. 고려시대 광종 때 불에 탄 것을 다시 지었는데, 병자호란 이후 없어진 것을 정조 때 다시 크게 짓고 용주사로 이름을 바꾸었어.

정조는 원찰 세우는 것을 반대했지만 현륭원을 수원으로 옮기고 보경스님으로부터 부모님의 높은 은혜를 설명한 '부모은중경' 설법을 듣고 사도세자의 넋을 위로하기 위해 원찰로 세웠어.

낙성실 날 저녁에 정조가 용이 여의주를 물고 하늘로 올라가는 꿈을 꾸고 나서 절 이름을 용주사로 지었어. 왕이 되지 못한 사도세자가 죽어서라도 왕의 자리에 오르기를 바라는 정조의 마음이 담긴 거야.

용주사에 들어서면 어딘지 모르게 일반 절과는 뭔가 다른 느낌을 받아. 절인데 왠지 궁궐이나 관청같다는 느낌이 들어. 이것은 고을 수령이나 관청에서 공사하는 데 들어가는 비용을 내고 실제 공사를 담당한 사람들도 관청을 짓던 목수나 석공들이 참여했기 때문이야. 보통 절에는 일주문, 천왕문, 해탈문을 지나 법당에 들어서는데, 용주사에는 궁궐이나 향교에 있는 삼문을 만들었고 궁궐 앞에 있는 해치처럼 용주사 문 앞에도 해치 같은 돌짐승이 있단다.

조선시대 화가 중에 유명한 사람 하면 떠오르는 사람이 있지. 바로 김홍도야. 정조는 김홍도를 이곳으로 보내서 〈부모은중경〉을 그림으로 그리고 이를 목판에 새겨 용주사에 보관하게 했어. '부모은중경'의 내용은 열 가지로 되어 있는데, 일반 백성들도 이 경전의 내용을 이해하기 쉽도록 그림과 설명을 곁들인 거야.

세상이 험해지고 무섭도록 변한다 해도 부모와 자식 사이에 맺어진 사랑은 변하지 않는다는 게 부모은중경에 담긴 뜻일 거야.

융건릉을 지키고 관리하는 원찰 용주사

예술과 역사, 그리고 재미

용인시_용인대장금파크, 와우정사

한류를 이끌다, 용인대장금파크

한국 영화가 미국 아카데미 시상식에서 작품상을 받고, 한국 여배우가 아카데미 시상식 여우주연상을 받았을 때 어느 누구도 예상한 사람 없고 이게 무슨 일이지? 라는 생각이 들었을 거야.

한국 가수들이 빌보드 뮤직 어워드 톱에 오르고, 넷플릭스를 통해 전세계에 방영된 드라마 하나에 세계인들의 열풍이 일고 있단다. 1990년대 말부터 아시아에서 불기 시작한 한류의 바람이 케이팝으로 이어지더니 이제는 음악, 영화, 드라마, 게임, 만화 할 것 없이 문화 전체로 이어지고 있어.

세계 곳곳에서 한국 드라마가 상영되고, 케이팝 음악을 듣고, 웹툰에 빠져 들고 있단다.

한류의 중심에는 한 드라마가 있는데, 바로 대장금이야. 주인공 장금이가 궁궐에 들어가 최초 어의녀가 되기까지의 과정을 그려낸 드라마가 대장금인데, 일본, 중국, 태국, 이란 할 것 없이 해외에 수출되어 엄청난 인기를 끌었어. 이란에서는 70%의 시청률이 나왔다고 하고, 루마니아에서는 망해가는 방송국을 살리기까지 하였다니 드라마의 힘이 엄청나다는 생각이 들어.

대장금이라는 한류의 열풍을 타고 용인에 우리나라 최대의 오픈세트장을 만들었는데 바로 용인대장금파크야. 총 84만 평의 넓은 땅에 사극은 물론 현대극, 영화, CF까지 찍을 수 있는 오픈세트장이야. 드라마나 영화를 찍을 때 세트장은 대부분 일회용으로 만들어서 다 찍고 나면 해체해 버리는데 이곳은 반영구적으로 지

사극 속 무대를 그대로 보존하고 있는 용인대장금파크

어서 삼국시대, 고려시대, 조선시대 등 각 시대에 맞게 역사적인 고증을 해서 지은 거야.

이곳에서 촬영한 작품은 주몽, 이산, 선덕여왕, 해를품은 달, 기황후 등 수많은 MBC의 사극들이야. 용인대장금파크는 오픈세트장인 만큼 앞으로도 계속 사극을 촬영하고, 아이들에게 문화체험도 할 수 있고, 한류의 중심을 잃지 않고 계속 이어갈 수 있는 문화의 중심지가 될 거야.

거대한 사극의 마을로 보이는 이곳을 구석구석 다니다 보면 드라마 속으로 들어온 것 같은 착각에 빠질 거야. 대장금 기념 세트장, 최우 사택, 양반집, 저잣거리, 포도청, 옥사, 인정전, 둥지 연못 등을 다니면서 주인공을 만날 것만 같은 기대도 생긴단다.

문화로 세계를 하나로 만들고 있는 한류, 케이팝의 힘이 어디서 왔는지 마음껏 느껴보자.

부처님은 왜 누워계실까, 와우정사

와우정사는 경기도 용인시 처인구에 이북 출신의 실향민 법사가 1970년대 세운 현대식 절이야. 이북 출신으로 월남한 실향민인 해월 삼장법사가 남북통일을 기원하는 마음으로 세웠는데, 우리나라 절에서 볼 수 없는 아시아의 불교 사원에 놀러 온 이국적인 체험을 할 수 있는 곳이야. 와우정사를 유명하게 한 상징은 절 입구에 있는 대형 황금 불두상이야. 황동 3만kg으로 부처님의 머리 부분을 만들었는데 높이가 8m나 돼. 이곳에는 기네스북에 등재된 불상도 있는데 인도네시아 향나무로 만든 길이 12m, 높이 3m의 열반상이야. 열반상은 두 다리를 뻗고 옆으로 누운 자세여서 와불이라고도 불러.

그리고 이곳에는 태국, 라오스, 캄보디아, 베트남 등 동남아시아 불교 국가에서 들여온 다양한 불상들이 있어서 동남아시아 관광객들이 많이 찾기도 해.

무게가 12톤에 이르는 통일의 종은 1988년 서울올림픽 때 타종을 하기도 했어. 그리고 우리나라 최대의 청동미륵반가사유상이 있고, 세계 최대이며 유일한 석가모니 불고행상(佛苦行像)도 와우정사의 자랑거리란다. 계단 옆에는 통일의 돌탑을 세웠는데 세계 각국 성지에서 가져온 돌 한 개 한 개를 모아 쌓은 거야.

세계만불전을 지어서 세계 평화를 기원하는 마음을 담기도 했어. 이렇듯 이색적이고 독특해 보이는 다양한 모습과 크기의 불상들이 가득한 와우정사에서는 세계에 퍼져 있는 다양한 불교 문화를 한 곳에서 볼 수 있단다.

와우정사의 시그니처인 황금 불두상

흰 쌀로 말을 목욕시키다

오산시_독산성과 세마대지, 보적사, 궐리사

권율의 지략이 돋보이다, 독산성과 세마대지

도로에서 차 한 대 정도 올라갈 수 있는 한적한 숲길을 따라 한참을 올라가면 눈앞에 능선처럼 펼쳐진 독산성을 만나게 돼. 굽이굽이 성곽이 이어지는, 사방이 뻥 뚫린 독산성에서는 오산, 수원, 신갈 등이 훤히 내려다보이고, 산성 정상으로 올라가면 사람들의 쉼터가 되고 있는 세마정이 있단다.

독산성은 독성산성이라고도 부르는데, 이곳에는 임진왜란 때 권율 장군이 활약한 장소이기도 해.

임진왜란이 발발하고 얼마 되지 않아 용인전투에서 조선군이 일본군에게 대참사를 당한 후 간신히 살아남은 권율은 왕을 지키는 근왕병을 모집해서 1만 명이 넘는 군사를 이끌고 한양으로 향했어. 권율은 똑같은 참사를 당하지 않으려고 독산성으로 들어가 진을 쳤어. 한양에 주둔한 일본군이 이 소식을 듣고 2만 명을 이끌고 독산성으로 향했지. 권율이 독산성을 지키고 있으면 후방과 연결이 끊기고 보급로에도 차질이 생기기 때문이야. 일본군은 수원에서 오산, 용인으로 가는 길을 막고 독산성에 있는 조선군을 공격하기 시작했어. 권율은 지략을 써서 소수의 조선군으로 밤마다 일본군을 공격하여 일본군 진영을 흐트러뜨렸어. 일본군도 이에 맞서 성으로 들어가는 물줄기를 막아 고립시키는 작전을 펼쳤단다. 그러자 조선군들은 야간 기습 공격으로 제방을 막고 있던 일본군을 공격하였어. 이때 의병을 모아 만든 지원군이 독산성으로 와서 일본군을 산성에서 철수시켰어.

독산성 위에 있는 정자 세마대

이때의 상황을 잘 알 수 있게 하는 일화가 있어. 독산성에 물이 부족한 것을 안 일본군은 물길을 막고 시간을 벌면 조선군이 항복할 거라고 생각했을 거야. 그런 일본군 앞에서 권율은 말을 씻기는 장면을 보여주었어. 성 안에 물이 부족하다고 생각했는데 말을 씻길 정도면 물이 많다는 뜻이 아니겠어? 일본군은 안 되겠다고 생각해서 퇴각했대. 그런데 이때 말을 씻긴 것은 물이 아니라 쌀이었다고 해. 높은 데서 하얗게 흩어지는 것이 마치 물줄기로 보였던 거지. 이런 일화가 전해지면서 높은 곳에서 말을 씻겼다는 뜻의 '세마대'라는 이름이 붙은 거야.

독산성이 언제 만들어졌는지 그리고 위치에 대해 여러 이야기가 나뉘지만 백제 때 쌓은 성이라고 추측하고 있고, 통일신라나 고려 때는 군사 요충지로 쓰였을 거라고 해.

세마대의 전설을 이어가다, 보적사

독산성으로 올라가다가 보면 성벽 사이로 작은 문이 보여. 해탈의 문이라고 써 있는 걸 보니 이곳에 절이 있다는 뜻이야. 이 문을 지나 안으로 들어가면 절 마당이 나오고 마당 가운데 있는 석탑 주위에 건물이 자리하고 있는 작고 아담한 절을 만나게 돼. 보적사라는 절이야.

절로 들어온 해탈의 문이 독산성의 동문이란다.

보적사가 언제 세워졌는지에 대한 정확한 기록은 없는데, 백제 아신왕 10년(401)에 승리를 기원하기 위해 세웠다고 전해지고 있어.

세마대처럼 보적사에도 이름과 관련해서 재미있는 이야기가 전해지고 있어.

옛날에 노부부가 살았는데, 너무 가난하여 먹을 것이 다 떨어져가는 거야. 밥을 지으려고 하니 쌀이 두 되뿐인 걸 보고 이렇게 굶어 죽느니 차라리 이 쌀을 부처님께 올리는 게 좋겠다고 생각해서 절에 가서 부처님께 쌀을 올리고 집으로 돌아왔어.

그런데 텅 비어 있던 곡간에 쌀이 가득 차 있는 거야. 그후 열심히 공양하면 보화가 쌓이는 절

독산성에 있는 보적사

이라고 해서 '보적사'라는 이름이 붙여졌다고 해.

수많은 전쟁을 치르는 독산성과 함께 보적사도 힘든 시간을 보냈을 거야.

보적사 마당에 서면 산 굽이굽이 너머 빼곡한 모습의 도시가 한눈에 들어와. 성곽 아래로 떨어질 듯 아슬아슬하게 자리잡은 것처럼 보이는 보적사지만 천년이 넘는 세월을 지나오면서 수많은 사람들의 마음을 감싸안았을 거야.

선비의 올곳음을 잊지 마라, 궐리사

어? 절인 줄 알았는데, 절이 아니네.

궐리사! 이름도 독특한데다 뒤에 사 자가 붙어 절이라고 생각했는데, 공자의 후손인 공서린이 중종 때 기묘사화로 옥고를 치르고 이곳에 서재를 짓고 제자들을 가르치기 위해 세운 곳이야. 건물을 짓고 앞마당에는 잘 자란 은행나무를 옮겨 심었단다. 그렇게 제자들을 가르치며 평생을 살았대. 그러나 공서린이 죽은 후 이곳은 제대로 관리가 안 되고 나무도 말라죽고 말았어. 그러나 다시 은행나무는 싹이 나와 자랐단다.

250여 년이 흐른 후 정조가 사도세자의 무덤을 참배하기 위해 화성을 자주 갔는데 그때 이곳을 지나가야 했단다.

어느날 이 마을이 공자의 후손들이 모여 살고, 공서린이 제자들을 가르치기 위해 지은 건물 터가 있다는 이야기를 들은 정조가 이곳에 공자의 사당을 짓게 하고 '궐리사'라는 이름을 내려줬어. 공자가 태어난 마을인 궐리의 이름을 따서 지어준 거지. 그리고 고려 말에 공자의 53대손인 공소가 노국대장공주와 함께 고려에 왔다가 귀화하여 창원 땅을 받아 창원 공씨가 되었는데, 정조가 공자의 고향인 곡부를 따서 곡부 공씨로 바꿔주게 된 거란다.

이곳에서는 다른 곳과 달리 공자의 영정을 모시고 제사를 지내는데, 사당 안으로 들어가면 중국 산둥성 취푸시(곡부시)에서 기증한 공자상을 볼 수 있어. 마치 중국에 온 듯한 기분이 들 거야.

공자의 영정을 모시고 제사지내는 사당 궐리사

바람이 머문 곳에서
세계로 뻗어나가다

평택시_평택호관광단지, 대동법시행비, 팽성읍객사, 정도전사당

담수호 평택호의 새벽 안개, 평택호관광단지

평택호방조제(아산만방조제)는 1973년 경기도 평택시 현덕면 권관리와 충청남도 아산시 인주면 공세리 사이에 있는 방조제로, 방조제의 길이는 2,564m이고, 평택호수는 저수량 225만t에 이르는데 홍수 피해를 줄이고 아산만 일대를 관광지로 이용하기 위하여 1973년에 건설한 거야.

평택시와 아산시 사이에 서해 바닷물이 들어오는 아산만이 있는데 바다와 접해 있어서 물고기를 잡는 어부들은 좋았지만 근처에서 농사를 짓는 농부들에게는 바닷물이 넘쳐 들어와 피해가 심했단다. 밀물과 썰물의 차이가 심해서 바닷물이 아산만으로 흐르는 하천 주변까지 들어와 농사에 피해를 주고, 홍수 때가 되면 물이 잘 빠지지 않아서 또 피해를 주었어.

농부들이 둑을 쌓아 바닷물을 막기로 했지만 쉽지 않은 일이었어. 방조제 건설이 힘든 일이었지만 노력 끝에 방조제를 쌓은 덕분에 농사 피해도 줄이고 이 일대는 관광지로 이름나게 되었어. 평택호(아산호)의 물은 경기도 평택시에는 농업용수로 쓰고, 충청남도 아산시 공업단지에는 공업용수로 쓸 수 있어서 방조제가 지역 발전에 큰 도움을 주었단다.

인공호수인 평택호 주변은 호수 자원을 활용해서 문화 시설들이 잘 되어 있어. 바다와 호수를 모두 만날 수 있는 곳인 평택호관광지에서 평택호 예술공원까지 호수 주변으로 데크를 설치해서 호수를 따라 걷기도 하고 바다를 바라보며 쉴 수 있는 쉼터이기

평택호가 잘 보이는 거북선 전망대

도 해. 데크 중간마다 의자가 설치되어 있는데 다양한 악기 소리가 나도록 꾸며서 색다른 재미를 느낄 수 있어.

평택호관광지 2층에 올라가면 아늑하게 생긴 평택호 해양자연사 표본전시실이 있는데, 삼엽충과 절지동물에 대해 아기자기하게 전시되어 있고 친절하게 설명도 되어 있어.

데크를 걷다 끝나는 곳에는 한국소리터와 지영희국악관이 있어. 국악관현악단을 세운 지영희는 해금산조와 시나위 명인으로 국악 최초로 악보를 만들어서 민요를 보전하는 데 중요한 역할을 했어. 중요무형문화재 시나위 예능보유자였던 지영희의 예술 세계를 만나고 공연도 열리는 종합예술의 장소야. 한국소리터에서는 주말마다 다양한 전통공연이 펼쳐진다니까 바다를 보면서 국악을 듣는 것도 좋을 것 같아.

백성을 생각하는 마음으로, 대동법시행비

나라를 세우고 큰 전쟁 없이 살아오던 조선은 임진왜란과 병자호란이라는 전쟁을 치르면서 나라를 다시 일으키는 데 최선을 다했을 거야. 전쟁 복구와 백성들의 안정을 위해서 여러 정책을 펼쳤어. 나라에서는 세금을 많이 거둬야 했고, 백성들은 세금을 내기 위해 허리를 졸라매야 했지.

백성들의 세금을 줄여주기 위해서 대동법을 실시하게 돼. 광해군 때는 이원익이 경기도에서 시험 운영을 시작하면서 점점 전국적으로 확대해 나갔어.

효종 때 영의정인 김육은 적극적으로 대동법 시행을 강조했고 많은 신하들의 반대를 누르고 드디어 호서지방에 대동법을 실시하라는 왕명을 받게 돼.

대동법 시행을 기념하고 이것을 백성들에게 알리기 위해 1651년(효종 2)에 삼남지방으로 통하는 길목인 평택에 대동법시행비석을 세우게 된 거야. 지금처럼 방송이나 인터넷이 없으니 사람들이 많이 다니는 길목에 세워서 널리 알리고자 했겠지.

처음에는 지금의 위치에서 남동쪽으로 약 200m 떨어진 언덕에 세웠는데, 1970년대 지금의 자리로 옮겼어.

대동법 시행을 백성들에게 알리기 위해 길목에 세운 대동법시행비

원소사 마을에 있는 대동법시행비를 보면 오랜 세월이 지난 흔적을 느낄 수 있을 정도로 오래된 비석이라는 것을 알 수 있어. 보호각이 작다 싶을 정도로 꽤

큰 비석에는 내용이 빼곡이 적혀 있어.

백성들의 생활을 안정시키고 세금도 안정적으로 걷기 위해 실시된 대동법은 광해군 때 경기도에서 실시된 이후 100년 만에 전국적으로 시행될 수 있었는데, 세금이 국가와 백성 모두에게 얼마나 중요했을지 느껴져.

대동법은 지방의 특산물(공물)을 세금으로 내던 것을 쌀로 통일해서 내게 한 납세제도란다. 세금 중에서 공물로 내는 세금이 국가 수입의 60%를 차지할 정도로 많았어. 공물을 백성이 직접 중앙 정부에 내는 게 아니라서 중간에 이를 걷어서 내주는 일을 하는 사람들이 있는데 이들이 중간에서 폭리를 취하는 바람에 농민들이 고향을 떠나는 일도 생겼단다. 결국 백성은 세금을 낼 수 없고, 국가는 수입이 감소되는 등 온갖 폐단이 나타난 거야.

이를 개선해서 백성들은 안정되게 세금을 내고 국가는 재정을 확보하기 위해 대동법을 시행한 거지.

지금은 시골 한 켠의 보호각 안에 있지만 조선시대에는 수많은 사람들이 오고 가면서 이 비석을 보고 어떤 마음이 들었을까.

왕을 모시듯 하라, 팽성읍객사

조선시대 지방에 설치했던 관사를 객사라고 해. 객사에는 국왕의 위패를 모시는 장소도 있고, 중앙에서 파견된 관리가 머무는 장소도 있어.

팽성읍객사는 원래는 작은 규모였는데, 현종 때 크게 수리하였고, 1760년(영조 36)과 1801년(순조 1)에 수리를 했어.

중앙에서 파견된 관리가 머문 팽성읍객사

일제강점기에는 양조장으로 바뀌었다가 주택으로 쓰기도 했는데, 1994년에 수리하면서 옛 모습을 되찾게 된 거야.

객사에 가보면 대문간채와 9칸의 본채가 남아 있는데 본채의 3칸은 중대청, 좌우 각각 3칸은 동헌 · 서헌이야.

중대청은 안에 왕을 상징하는 나무 패인 전패('殿' 자를 새긴 나무 패로 일종의 위패)를 모시는 곳으로, 이곳에서는 수령이 한 달에 두 번 왕에게 절을 하듯이 배례를 올리던 곳이야. 중대청은 왕이 있는 것과 같기 때문에 건물도 동헌, 서헌보다 지붕을 높게 짓곤 해.

동헌, 서헌은 다른 지방 관리들이 머무르던 숙소인데, 동헌은 수령이 일을 하는 장소이기도 해. 대문간채 중앙에는 솟을지붕으로 된 1칸의 대문이 있어. 중대청과 대문의 지붕 용마루 양끝에는 용머리로 장식을 해서 이곳이 왕과 관련이 있음을 보여주고 있어. 팽성읍객사는 규모는 그리 크지 않지만 조선 후기 전형적인 객사의 모습을 잘 간직하고 있어.

유교 강국 조선을 세우다, 정도전사당

조선 건국을 얘기할 때 정도전을 빼고 이야기할 수 없어. 이성계를 도와 조선을 세울 수 있게 새 왕조를 설계한 사람이 바로 정도전이거든.

고려의 신하로 살다가 새로운 나라를 꿈꾸고 조선이라는 새 왕조를 열고 이성계를 왕에 오르게 한 정도전은 낡은 정치보다 새로운 유토피아를 꿈꾸었을 거야. 불교를 정치이념으로 했던 고려에서는 더 이상 희망을 찾을 수 없다고 생각하고 유교를 정치이념으로 하는 새 세상을 펼치려고 했어. 유교에서는 어진 마음을 바탕으로 나라에 대한 충성과 부모에 대한 효도를 매우 중요하게 생각해. 이런 유교를 정치이념으로 하는 나라를 세우려고 했고, 조선이라는 나라를 세운 거야.

정도전이 정치에 대해 어떤 생각을 하고 있는지 〈조선경국전〉이라는 책을 잠시 볼까.

"재상은 위로는 임금을 받들고, 아래로는 모든 관리를 통솔하며 만민을 다스린다. 따라서 그 직책의 권한이 매우 크다. 임금의 자질에는 어리석은 자질도 있고, 현명한 자질도 있으며, 강력한 자질도 있고, 유약한 자질도 있어서 한결같지가 않다. 재상은 임금의 아름다운 점은 따르고 나쁜 점은 바로잡으며, 옳은 일을 받들고 옳지 않은 것은 막아서, 임금으로 하여금 균형을 잡도록 해야 한다." -〈조선경국전〉 '총서'

신하의 자질이 뛰어나야 왕을 올바르게 도와줄 수 있다고 생각하고 있음을 알 수 있지. 그러니 11살짜리 어린 방석이 세자로 책봉되었지만 정도전에게는 문제가 되지 않았을 거야. 하지만 조선 건국에 큰 역할을 한 이방원의 생각은 달랐단다. 결국 이방원은 왕자의 난을 일으켜 정도전을 제거하고 말았어.

정도전을 기리는 사당, 문헌사

비록 정도전은 죽었지만 유교 정신으로 나라를 다스리는 나라, 조선은 이후 500년의 역사를 이어갔단다. 물론 유교는 성리학이라는 학문으로 더욱 발전하였지.

평택에 정도전의 후손들이 모여사는 은산리 산대마을에 정도전을 기리는 사당 문헌사를 지어 위패와 영정을 모시고 봄가을에 제사를 올리고 있어.

사당 아래에 있는 삼봉기념관에는 삼봉집 목판과 정도전의 문집 등 유물이 전시되어 있어.

언덕 위에 있는 사당 문헌사에서 추수가 끝난 고즈넉한 마을을 내려다보면 정도전이 꿈꾸었던 유토피아는 실현된 걸까, 한번쯤 생각해 보게 돼.

안성맞춤의 진모습을 찾아서

안성시_칠장사, 박두진문학관, 안성3.1운동기념관, 안성맞춤박물관

어사 박문수를 장원급제 만든, 칠장사

시험 때만 되면 많은 부모님들이 절을 찾아 아들 딸의 합격을 위해 기도하곤 해. 안성시에 있는 칠장사에도 입시철이 되면 나한전에서 합격기도를 하는 부모님들을 볼 수 있단다.

"암행어사 출두요!" 하면 떠오르는 사람이 있지. 어사 박문수야. 몇 번 시험에 떨어진 박문수가 과거시험 보러 한양으로 가는 길에 칠장사에서 하룻밤 묵게 되었어. 나한전에서 기도한 후 잠이 들었는데 꿈에 부처님이 나타나 시험 문제를 알려주고 8줄의 답 중에서 7줄은 알려주고 마지막 줄은 네가 알아서 쓰라고 하였어. 박문수가 시험장에 도착해 문제를 보니 꿈속에서 알려준 그 문제가 나온 거야. 부처님이 알려준 대로 7줄과 마지막 답을 썼지. 그 결과 장원급제하였단다.

칠장사에 가면 박문수 합격다리가 있는데 합격을 기원하는 마음을 담아서 리본을 묶어놓은 예쁜 다리를 볼 수 있을 거야.

안성시 칠현산 자락에 있는 칠장사는 신라 선덕여왕 5년에 자장율사가 지었고, 고려시대 혜소국사가 왕의 명으로 크게 지었단다.

혜소국사가 있을 때 절에서 못된 짓을 일삼는 7명의 도적들이 있었어. 하루는 한 도적이 약수터

사람들이 합격을 기원하며 리본을 매단 박문수 합격다리

에서 물을 먹으려고 하는데 바가지가 황금바가지인 거야. 냉큼 가지고 소굴로 돌아왔는데, 황금바가지가 아니라 그냥 바가지였어. 다음날 다른 도적이 약수터에 갔더니 또 황금바가지가 있어서 가지고 오면 평범한 바가지가 되고 이런 일이 반복되자 그제서야 도적들은 혜소국사가 시험하는 것이라고 깨닫고 혜소국사를 찾아가 잘못을 뉘우치고 제자가 되었단다. 7명의 도적이 현자가 되었다고 해서 산 이름을 칠현산이라 하고, 절 이름을 칠장사라고 한 거야.

그리고 이곳은 임꺽정의 무대이기도 했어. 임꺽정이 스승처럼 모신 분이 병해대사인데, 병해대사가 돌아가신 후에 스승을 위해 불상을 만들어 모셨단다. 꺽정불이라고 불리는데, 극락전에 가면 볼 수 있어. '봉안 임꺽정'이라는 글이 남아 있어서 실제로 임꺽정이 불상을 세웠는지는 알 수 없지만 같은 시대에 만들었다는 것을 알 수 있단다.

이곳에는 궁예가 열 살 때까지 활쏘기를 하며 어린 시절을 보냈다는 활터도 남아 있단다.

평생 시를 쓰다, 박두진문학관

자연을 주제로 시를 쓰고 함께 시집 〈청록집〉을 펴내면서 '청록파'라는 별명이 붙은 시인이 3명 있어. 박목월, 박두진, 조지훈 이 세 사람을 청록파라고 하는데, 오늘은 박두진 시인에 대해 알아보자.

안성에 남사당공연을 비롯해서 다양한 문화공간인 안성맞춤랜드가 있는데, 이곳에 박두진 시인의 모든 것을 담은 박두진문학관이 있단다.

청록파 시인 박두진문학관

일제 탄압이 극에 달하던 때인 1939년 정지용 시인의 추천으로 '향현'과 '묘지송'이 잡지 〈문장〉에 발표되면서 시인이 되었어. 암울한 시대지만 그의 시는 생명의 뿌리인 자연을 통해 희망을 노래하고 있었단다.

일제의 감시를 피해 한글로 시를 써서 해방 이후 박목월, 조지훈과 함께 시집 청록집을 펴냈단다. 1946년에 발표했던 시 '해'는 암울했던 현실을 해를 통해 극복하겠다는 의지가 보이는 작품으로 대표작품이기도 해.

> 해야 솟아라. 해야 솟아라.
>
> 말갛게 씻은 얼굴 고운 해야 솟아라.
>
> 산 너머 산 너머서 어둠을 살라 먹고
>
> 산 넘어서 밤새도록 어둠을 살라 먹고,
>
> 이글이글 애띤 얼굴 고운 해야 솟아라.

박두진문학관은 안성맞춤랜드에 있다. 안성맞춤랜드에는 남사당공연장과 안성맞춤천문과학관이 있다.

문학관에 가면 박두진의 시에 대해 자세히 알 수 있고, 평소 강의가 없을 때는 독서하거나 글을 쓰는 일상을 볼 수도 있고, 글씨, 그림, 조각, 수석 수집 등 박두진의 다양한 예술 생활도 볼 수 있단다.

안성맞춤랜드 언덕에 자리잡은 박두진문학관에서 우리도 시인이 되어보는 거야.

독립운동을 이어가다, 안성3.1운동기념관

1919년 3월 1일 시작된 3.1만세운동은 일본의 부당한 침략에 항거하여 전국적으로 퍼져나갔을 뿐만 아니라 세계에 한국의 독립의지를 알린 비폭력, 불복종 운동이야. 우리나라 곳곳에는 3.1운동이 일어난 흔적이 남아 있단다. 안성에서 일어난 만세운동과 관련한 유물과 기록들을 모아서 전시하고 있는 곳이 안성3.1운동기념관이야. 안성에서는 3월 11일 양성공립보통학교 운동장에서 남진우, 고원근 학생들이 시위를 주도하고, 읍내에서는 안성 장터 상인들이 만세시위를 하면서 퍼져나갔어. 4월 3일까지 만세 시위는 이어졌고, 약 6천 명 이상의 규모로 확대되었단다.

안성3.1운동기념관

일제가 일본군을 투입해서 검거를 시작하여 살인, 방화, 고문, 투옥 등 무자비한 만행을 저질렀어.

그러나 3.1운동 이후 안성에서는 청년들이 사회운동과 민족운동에 관심을 가지면서 독립의지를 더욱 펼쳐나갔고, 힘을 길러 독립을 찾으려는 노력들을 끊임없이 이어나갔단다.

임시정부의 뜻과 함께하면서 의열투쟁에 참여한 사람들이 적지 않았어. 철혈단과 대한독립단의 단장으로 활약한 김태원, 대한애국청년당을 조직하고 친일파들이 주최한 아시아민족분격대회에 다이너마이트 2개를 설치하여 폭발시킨 유만수, 조문기, 강윤국, 그리고 임시정부의 광복군에서 활약한 심광식은 항일운동에 참여하였단다.

안성3.1운동기념관에서 만난 수많은 독립운동가들을 보면서 잃어버린 나라를 다시 찾는 것이 얼마나 힘든 것인지 새삼 깨닫게 돼. 두 번 다시 이런 일을 겪지 않기 위해서라도 역사를 잊으면 안 될 거야.

안성맞춤이 여기라구요, 안성맞춤박물관

'안성맞춤'이란 단어를 들어본 적 있지. 생각한 대로 잘 만들어진 물건이나 잘된 일을 보면 안성맞춤이라는 표현을 쓰곤 하는데, 안성맞춤이란 단어가 바로 안성에서 시작되었단다. 안성에서 놋그릇인 유기를 주문 제작하여 딱 마음에 들게 나온 것이 '안성맞춤유기'야. 아주 품질이 좋은 유기라는 뜻이 담겨 있어. 여기서 유기는 생략되고 모든 일에 딱 마음에 들거나 하면 안성맞춤이란 단어를 쓰게 되었던 거야.

안성맞춤유기가 어떻게 생겼는지 보고 싶지. 바로 안성맞춤박물관에 가면 마음껏 볼 수 있어. 박물관은 중앙대학교 안성캠퍼스 안에 있는 있는데, 기업과 학교가 함께 협력해서 연구하고 활동하기 위해 안성맞춤박물관을 세운 거야.

유기는 구리와 주석을 섞어서 만든 그릇이야. 밥그릇, 국그릇 할 것 없이 일상생활에서 쓰던 그릇이란다. 안성은 경상도와 전라도로 통하는 길목에 자리잡고 있고, 충청도와 가까이 있기 때문에 지방에서 올라오는 물건이 모였다가 서울로 가는 중요한 장소이기도 해. 그러다 보니 안성에는 유기뿐만 아니라 수공업도 발달했단다.

박물관에서는 안성에서 놋그릇을 만들 때 모습인 유기 만드는 법과 유기 만드는 과정을 볼 수 있고, 옛날에는 이렇게 다양한 놋그릇이 있구나 라는 생각이 들 정도로 다양하고 많은 놋그릇을 만날 수가 있어.

안성유기의 역사와 안성 지역의 다양한 문화도 볼 수 있으니까 안성맞춤의 뜻을 잘 이해할 수 있을 거야.

중앙대학교 안성캠퍼스 안에 있는 안성맞춤박물관

4부

아픔과 희망을 간직하다

세계를 뒤흔든
주먹도끼가 깨어나다

연천군_연천전곡리유적지, 경순왕릉, 당포성, 숭의전

주먹도끼가 발견되다, 연천전곡리유적지

연천전곡리유적은 1978년 동아시아 최초로 '아슐리안형' 주먹도끼가 발견된 역사적인 곳이야. 20여 차례 걸쳐 발굴조사를 해서 1만여 점의 구석기유물을 발견했고, 세계적으로 유적의 중요성을 인정받아 지금은 박물관과 넓은 선사체험 마을을 만들어 아이들과 함께 즐기기 좋은 가족여행지로 사람들이 많이 찾는 곳이야.

미국에서 고고학을 전공하고 주한미군으로 한국에 온 그렉 보웬이 1978년 3월 한탄강에 놀러 왔다가 우연히 주먹도끼를 발견하였어. 그렉 보웬은 한눈에 예사로운 물건이 아니라고 생각해서 사진을 찍어서 프랑스의 구석기 전문가인 보르드 교수에게 보냈고 서울대 고고학 교수인 김원룡에게 연결되면서 1978년 5월 14일 전곡리 일대에 조사가 시작됐단다. 이후 발굴이 이루어지면서 구석기 유물이 발견되어 전곡리 유적이 세상에 알려지게 되었어.

주먹도끼는 주먹에 쥐고 사용하는 도끼 모양의 뗀석기인데, 구석기시대 뗀석기들 중 다양하게 쓰이던 도구로, 전곡리에서 주먹도끼가 발견된 이후 여러 지역에서 발굴이 이루어지면서 우리나라 역사를 훨씬 이전으로 올라가게 만들었어.

해마다 어린이날 전후로 연천 전곡리 구석기 축제가 열리는데 구석기 문화축제로는 세계에서 손에 꼽을 정도로 규모가 커서 많은 사람들이 이곳을 찾고 있단다.

이곳에는 꼭 들러볼 곳이 토층전시관이야. 유적지 발굴 장소에 복원한 전시관인데, 발굴 조사할 때의 모습, 유물, 그리고 발굴 조사를 한 연구자들의 생생한 기록들을 직접 볼 수 있어.

선사시대 마을을 보여주고 있는 전곡리유적지

구석기시대로 돌아가 선사마을에서 구석기 사람도 되어보고, 사냥도 해보고, 막집도 지어보고, 발굴 체험도 하면 여기서 나온 유물이 남다르게 느껴질 거야.

천년의 신라를 고려에 바치다, 경순왕릉

남방한계선 가까이에 기나긴 세월에도 아랑곳하지 않은 듯이 자리하고 있는 통일신라의 마지막 왕 경순왕의 무덤이 있어.

어? 신라의 왕이 왜 휴전선 가까이에 있지? 무슨 일이 있었는지 지금부터 후삼국시대로 여행을 떠나볼까.

신라 56대 왕이자 마지막 왕인 경순왕이 살던 때는 후백제의 잦은 침략과 지방의 세력가들인 호족들이 반란을 일삼던 때라 천년 가까이 이어온 신라의 운명이 기울어져 있었어. 경순왕은 무고하게 싸우는 것을 피하고 다음 왕위를 이을 마의태자의 반대를 무릅쓰고 고려 왕건에게 신라를 넘겨버렸단다. 천년을 이어온 화려한 황금의 나라 신라가 망해버린 거야. 왕건은 경순왕을 사심관으로 임명해서 경주 지역을 다스리게 했고, 경순왕은 개경 근처인 유화궁에서 죽을 때까지 살았단다.

경순왕이 죽었을 때 신라 사람들이 경주로 시신을 모시고 가려고 했는데, 고려에서 이를 막아 고랑포 나루를 건너지 못하고 장례식을 치렀어. 오랜 세월 지나면서 사람들에게 잊혀졌다가 조선 영조 때 왕릉 주변에서 지석과 신도비가 발견되어 되찾게 되었어. 한국전쟁 때는 이곳이 치열한 전투가 벌어져서 비석에 6발의 총탄 자국이 남아 있단다.

경순왕릉에서 큰 길로 나오다 보면 만나게 되는 연천고랑포구 역사공원이 있어. 이곳은 고랑포구의 역사와 지리적 특성을 잘 되살려서 삼국시대 치열한 싸움이 벌어진 역사의 현장을 볼 수 있는 곳이야.

고랑포구는 삼국시대에 임진강을 통해 물자를 실어나르던 중심 나루터이고, 근현대사에서도 개성과 한성의 물자교류가 활발히 이루어지던 곳이지만 한국전쟁과 남북분단으로 지금은 역사의 중심지였나 싶을 정도로 조용하고 한적한 시골로 변했단다.

경순왕릉 무덤

고랑포구에서 만나는 경순왕릉을 보면 아무리 화려하고 영원할 것만 같은 역사도 영원하지 않다는 생각이 들어. 역사는 반복되기도 하니까 남북이 통일하면 고랑포구는 중요한 나루터로 다시 발돋움하겠지.

고구려 3대성을 가다, 호로고루, 당포성, 은대리성

삼국 중 북쪽에 위치한 고구려의 유적은 백제, 신라 유적에 비해 남한에 많지 않아. 남한에 있는 고구려 유적 중에서 대부분이 경기도 북부에 많이 있단다. 삼국의 치열한 격전지가 한강이었으니까 이 지역에 있는 유적지는 싸움과 관련 있는 것들이 많을 거야.

연천은 서해 바다를 이용하지 않고 육로로 서울부터 평양까지 갈 수 있는 최단거리에 있는 교통의 중심지야. 임진강, 한탄강을 따라 15~20m 높이의 절벽이 강을 따라 수십km 이루어져 있기 때문에 고구려의 최남단에 있는 이곳을 장악하면 신라와 백제를 방어할 수 있었어.

그러다 보니 고구려는 강을 따라 이어지는 절벽을 활용해서 곳곳에 성을 쌓았던 거야. 대표적인 고구려 3대성이 있는데, 바로 호로고루, 당포성, 은대리성이야.

연천 고구려 3대성 중 하나인 당포성의 모습

고구려 3대성은 모두 성의 남쪽과 북쪽에 자연스럽게 생긴 15~20m의 절벽이 성벽 역할을 하게 하고, 드나들 수 있는 동쪽에 튼튼한 성벽을 쌓아 완벽한 성을 만들었던 거야.

최고의 자연 조건인 절벽을 활용하고 강을 건널 수 있는 여울목에 성벽을 쌓아 만든 고구려 3대성은 고구려의 임진강부터 한탄강까지 방어선을 지켜내는 중요한 군사적 역할을 했을 거야.

3대성은 삼각형 모양으로 만들었는데, 고구려 와당 등 많은 기와가 발견된 호로고루는 가장 높은 지휘관이 머물렀던 곳으로 보이고, 당포성은 고구려의 뛰어난 성벽 기술을 볼 수가 있고, 은대리성은 진흙으로 바닥을 다지고 돌과 흙을 섞어서 쌓은 토성인데, 이때 사용한 돌은 흙이 흘러내리는 것을 막고 성을 튼튼하게 지탱해 주는 역할을 하였단다.

고려 왕을 제사지내다, 숭의전

조선시대에 고려 왕을 제사지낸 숭의전

경기도 연천에는 조선시대에 고려 왕들을 제사지내던 곳이 있어. 숭의전인데 왜 숭의전이 이곳에 있는 걸까.

숭의전은 고려 태조 왕건의 명복을 빌기 위해

세웠던 앙암사가 있었던 곳에 조선시대 1397년(태조 6)에 고려 태조의 위패를 모시는 사당을 세우면서 시작되었단다.

처음에는 고려의 8명의 왕의 위패를 모셨다가 나중에 고려 태조, 현종, 문종, 원종 4명의 왕만 제사지냈어. 1451년에 숭의전이란 이름을 지었고, 고려의 충신 16명을 함께 모시고 제사지낸 곳이야.

숭의전은 조선시대에 건물이 오래되어 낡아지기도 해서 5번에 걸쳐 수리를 해왔는데, 한국전쟁 때 모두 타버렸다가 오늘날에 와서 복원하고, 개성왕씨종친회와 숭의전보존회에서 봄, 가을에 제례 행사를 하고 있단다.

조선의 왕을 제사지내는 종묘에 가면 공민왕 신당이 있어. 고려시대에 이성계를 신하로 쓴 왕이 공민왕이야. 조선을 세운 후 이성계는 공민왕에 대해 예의를 지키고 공민왕의 개혁정치를 높이 평가해서 조선의 왕을 제사지내는 종묘에 신당을 지어준 거야.

이성계가 조선을 세웠지만 고려 백성들은 어땠을까. 고려의 왕이 원망스러웠겠지만 고려가 멸망하기를 원하는 백성은 많지 않았을 거야. 이성계는 그런 고려 사람들을 조선의 백성으로 만들어야 했어. 고려 왕들에게 제사지냄으로써 조선이 고려를 예우하고 있다는 것을 보여줄 필요도 있었을 거야.

숭의전에 가면 고려와 조선, 고려의 백성과 조선의 백성 등 많은 생각을 하게 될 것 같아.

고려 불상의 진실은?

파주시_용미리마애이불입상, 이이 유적지

고려의 불상이 아니라구요? 용미리마애이불입상

파주 용미리에 있는 용암사 뒤로 산자락에 2m가 넘는 두 불상이 있는데, 그 크기도 어마어마 하고, 생김새도 독특하게 생겼어. 우리 한번 독특하게 생긴 부처님을 만나러 가볼까.

'파주용미리마애이불입상'의 뜻은 파주 용미리에 있는 돌에 새긴 두 부처님이 서 있다는 뜻이야. 용암사 옆으로 난 계단을 따라 올라가면 화강암 암벽을 몸통으로 하고 그 위에 목과 머리와 갓을 만들어 얹은 두 불상이 서로 몸을 대고 서 있단다.

왼쪽 불상은 머리에 둥근 갓을 쓰고 있고, 왼손과 오른손으로 연꽃줄기 위아래를 잡고 있고, 오른쪽 불상은 네모 갓을 쓰고, 두 손은 기도하듯 모으고 있어. 바위 몸통에는 선으로 옷 모양을 새겨 놓아 두 사람이 서 있는 모습이란다.

독특한 모습이라 그런가 전해지는 이야기도 있어. 왼쪽이 남자, 오른쪽이 여자라는 이야기가 있고, 고려 선종 때 자식이 없는 원신궁주 꿈에 두 스님이 나타나 장지산 바위 틈에 사는데 너무 배가 고프다 라고 하는 거야. 장지산 아래에 가보니 두 개의 큰 바위가 있어서 암벽에 두 스님을 새기고 절을 세웠더니 왕자를 낳았다는 이야기도 있어. 그래서 고려시대 불상이라고 알려졌단다.

그런데 1995년 암벽에서 글씨가 200여 자가 발견됐어. 처음에는 읽을 수가 없었어. 그후 과학기술 발달로 글자를 읽게 됐어. 여기에 나온 '성화 7년'이 1471년(성종 2)이고, 세조와 정희왕후가 깨달음을 기원한다는 내용이라는 거야. 세조와 정희왕후를 미륵불의 모습으로 새겼다는 거지. 고려시대 불상으로만 알려진 마애이불입상이 조선시대 불상일 수도 있다는 점이 흥미롭더라.

파주에는 여진족을 정벌하고 9성을 설치한 고려시대 장군인 윤관의 무덤이 있으니 파주에 가면 꼭 들러보자.

율곡의 마음이 담긴 곳, 이이 유적

경기도 파주시 율곡리는 강릉에서 태어나 6살 때 파주로 온 이후 죽을 때까지 가장 오랜 시간 이이가 살던 곳이기도 해. 그래서 율곡리의 이름을 따서 율곡을 호로 지었어. 자운서원은 율곡 이이의 학문과 삶을 기리기 위해 광해군 때 세운 것이고, 효종 때 '자운(紫雲)'이라는 이름을 받았단다. 고종 때 흥선대원군의 서원 철폐로 없어졌고 서원의 내력을 기록한 비석만 남아 있다가 현대에 와서 복원한 거야.

이이 유적지는 이이 관련 유적을 대표하는 곳으로, 그를 제사 지내는 자운서원과 그의 가족 무덤이 함께 있어.

파주에는 이이와 관련된 유적지가 또 있는데, 율곡 이이가 관직에서 물러난 후에 제자들과 함께 여생을 보냈다는 화석정은 임진왜란 때 의주로 피난 가던 선조 일행이 한밤중에 강을 건널 때 화석정을 태워 불을 밝혔다는 이야기도 전해져 오고 있어.

파주 이이 유적에 있는 자운서원

자유와 평화, 그리고 노벨상 후보

동두천시_ 경기북부어린이박물관, 자유수호평화박물관과 이호왕기념관

숲에서 꿈꾸는 아이들, 경기북부어린이박물관

박물관 하면 왠지 딱딱하고 지루하고 재미없다고 생각을 해. 생각해 보면 학창시절 단체 관람을 가면 한 줄로 서서 전시관을 훑어보고 나왔던 기억이 나네. 너무 많은 전시물을 보는 것도 힘든데 이것을 한꺼번에 보니까 호기심도 생기지 않고 어떻게 하면 빨리 보고 나갈까, 이런 생각을 했던 것 같아.

그런데 이번에 보려는 박물관은 새롭게 변신한 박물관이야. 재미있고 신나고 흥미진진한 곳이란다. 오늘 보는 박물관은 바로 '경기북부어린이박물관'이란 곳이야.

이제 이곳이 얼마나 재미있고 신나는 곳인지 어린이박물관의 세계로 우리 함께 떠나볼까.

동두천에 있는 경기북부어린이박물관은 바로 '숲에서 꿈꾸는 아이들'의 세상을 만들려고 생겨난 박물관이야.

어린이가 주인공이 되어 직접 참여해서 놀이기구도 타고, 만들기도 하는 등 체험하고 참여하면서 지식도 자연스럽게 알게 되고 직접 경험하면서 상상력을 마음껏 기를 수 있는 곳이란다.

1, 2층으로 된 박물관은 어린이의 오감을 자극하는 전시물이 가득해. 관람만 하는 것이 아니라 직접 보고 듣고 만져보는 등 체험을 하는 박물관이라서 왠지 놀이터를 옮겨 놓은 것 같아.

공룡시대부터 자연과학까지 다양하게 되어 있는데 숲의 다양한 모습을 보여주는 공간에서는 숲속에 사는 동물, 식물에 대한 정보를 직접 보고 만지면서 체험할 수가 있어.

경기북부어린이박물관 안에는 자연과 생태가 가득하다.

1층에서 2층으로 올라가는 계단을 공룡 브라키오사우루스의 몸을 활용해서 만들어서 마치 공룡 몸으로 들어가기도 하고 공룡 몸을 타고 올라가는 기분이 들기도 해. 브라키오사우루스는 동아프리카와 북아메리카 서부에서 살았다는 초식성 공룡이야. 쥐라기 후기에서 백악기 초기에 살았을 것으로 생각되는데, 목이 길고 몸이 너무너무 커서 몸 길이는 약 25m 되고, 몸무게는 약 50t일 거라고 해. 공룡시대에 이렇게 큰 공룡들이 우리가 사는 이곳을 누비고 다녔을 것을 생각하면 정말 지구가 신비롭다는 생각이 들어.

숲 생태존은 지혜의 나무를 찾아가는 과정에서 수많은 종류의 동물과 식물의 삶을 직접 보고 느낄 수 있는 체험관이야. 개미의 삶을 통해서도 함께 어울려 사는 방법에 대해 배울 수도 있단다.

생태존에서 시작된 물길이 흘러서 계곡물이 되고, 계곡물은 대형 비밀 연못을 만들고 계곡물과 연못에서 체험할 수 있는 여러 가지 전시도 즐기고 신나게 물놀이도 할 수 있단다. 자연 속 특별한 집을 찾아서 떠나보는 체험도 할 수 있어.

잃어버린 오감이들을 찾아서라는 곳은 병들고 상처받은 숲을 풍요롭게 하는 방법으로 5가지 감각, 오감을 찾아내는 거야.

숲은 무엇으로 만들어졌는지 아니? 숲은 빛, 온도, 물, 공기, 토양으로 이루어져 있어. 숲은 동물과 식물에게 필요한 물질과 보금자리를 주고, 바람이나 흙, 나무처럼 말없이 항상 가까이에 있단다. 촉각의 안테나를 곤두세워서 곤충의 '더듬이'를 찾아볼 수 있어. 머리 끝에 가늘고 길게 달려 있는 더듬이는 사람의 손, 코, 입이 하는 일을 혼자서 다 해내고 있어. 주위의 물체도 알아보고 더듬이로 더듬어서 먹이도 구한단다. 게다가 적이 오는 것도 탐지할 수 있기 때문에 아주 많은 일을 하고 있지. 더듬이가 잘리면 감각기관이 마비돼서 정상적인 활동을 하기 어렵단다. 숨바꼭질을 해서 덤불 속에 숨어 있는 만능 일꾼 더듬이를 찾는 놀이도 해보자.

숲이 건강하려면 먹이사슬이 중요하다.

이렇게 숲체험을 하다 보면 배설물 덩어리를 만나게 될 거야. 전시관 가운데 덩그러니 놓여 있는 배설물을 보는 순간, 왠지 똥냄새가 나는 것 같고 누가 여기다가 똥을 싸놓았지 라는 재미난 생각도 들 거야.

왠지 더럽고 피하고 싶은 배설물이지만 동물 친구들의 건강을 체크할 수 있는 중요한 것이기도 해. 동물 친구들이 모두 건강하길 바라는 마음으로 보면 이해가 될 거야. 새들은 주로 원통형으로 된 된똥을 싸는데 씨가 그대로 나온 걸 보면 나무 열매를 먹은 게 보이기도 해. 펠릿이라는 것은 똥처럼 보이지만 새가 소화시키기 어려운 털이나 뼈를 입으로 토해 낸 찌꺼기 덩어리를 말한단다. 너구리 등 잡식동물의 똥은 모양도 여러 가지가 있고, 고기를 먹는 육식동물은 거무튀튀하고 냄새도 고약한 길쭉한 줄기 똥을 싼단다.

숲 속에 사는 동물과 식물들은 잡아먹기도 하고 잡아 먹히기도 해. 이를 '먹이사슬'이라고 부르는데 먹이사슬을 이루는 생물들이 어느 것 하나 빠짐없이 잘 살아 있어야 숲도 건강하게 유지될 수 있어. 심지어 배설물인 똥도 먹이사슬의 큰 역할을 하고 있으니 먹이사슬이 얼마나 중요한지 알겠지.

커다란 영상이 있는 방으로 들어가면 벽 전체에 TV를 틀어놓은 것 같아. 여기에 앉아 영상을 보고 있으면 마치 숲속에 들어와 있는 것 같아. 꽃과 숲은 벌레들의 천국, 벌레들의 아파트, 벌레들의 식당, 벌레들의 사냥터, 벌레들의 생명의 공간이야. 아침부터 저녁까지 숲 속의 하루로 벌레여행을 떠나볼 거야. 아침이슬을 잔뜩 마신 왕파리매, 시원하게 샤워중인 검정수염기생파리, 1~2cm밖에 안 되는 젤리리원뿔나방, 5mm 크기라 점처럼 보이는 얼룩장다리파리, 성냥개비 끝에 매달려 있는 색동꼬마거미, 달팽이 집에 매달려 있는 2mm 크기의 벼줄기굴파리, 벼줄기굴파리를 보려면 돋보기가 있어야 할 것 같아. 생긴 건 말벌처럼 생겼지만 집만 건드리지 않으면 공격하지 않는다는 왕바다리벌, 착한 벌인 꿀 빠는 꿀벌, 꽃에 빨대를 꽂고 있는 배추흰나비, 우아하게 꿀을 빠는 꼬리명주나비, 짝짓기 하는 나비 등의 모습이 화면 가득 펼쳐져.

이런 숲 속이 늘 평화롭지만은 않단다. 벌레들에겐 항상 위험이 도사리고 있어. 먹고 먹히는 벌레들의 모습이 나타나. 쌍살벌을 잡아먹는 파리매, 새똥 같지만 기생얼룩나방은 온몸을 위장하고 있지. 날개를 접어서 감쪽같이 낙엽처럼 변신하는 네발나비, 낙엽같기도 하고 군복같기도 한 북방산개구리는 사람들이 식용으로 먹지만 지금은 보호종이라 잘못 잡으면 벌금이 500만 원이라니 조심해야겠다. 숲 속의 여인처럼 나풀나풀 날아다니는 나비들이 등장했어. 전세계에 700종이 넘는다는 부전나비, 여기서 부전은 옛날에 여자아이들이 차던 노리개인데 모습이 비슷하다고 해서 붙여진 이름이야. 귤빛부전나비는 정말 귤 색깔과 같아.

이렇게 숲 체험을 통해 오감 찾기 놀이를 하다 보면 숲의 감각이 되살아나는 것을 느낄 거야. 이렇게 우리는 숲을 사랑하고 아끼고 되살리다 보면 숲도 우리를 사랑한다는 것을 알게 될 거야.

자유수호평화박물관과 이호왕기념관

동두천역에서 경기도의 소금강으로 알려진 소요산을 향해 가다 보면 경기북부어린이박물관을 지나 숲 속으로 작은 언덕이 나오고 소요산어린이공원을 끼고 올라가면 자유수호평화박물관이 있어.

마음껏 자유를 느끼고 평화롭게 살고 있는데 자유를 지키고 평화를 알리는 박물관은 어떤 박물관일까.

자유수호평화박물관 안에는 이호왕기념관이 있다.

1950년 6월 25일. 일본 식민지에서 벗어난 지 5년 남짓 되었을 때 우리나라는 같은 민족인 남과 북이 싸우는 전쟁터가 되고 말았어. 북한군이 새벽에 38도선 이남으로 기습 공격하면서 일어난 한국전쟁은 1953년 7월 27일 휴전협정을 한 후 지금까지 남과 북이 대치한 상태로 지내고 있어. 아직까지 전쟁이 끝나지 않은 상태지.

전쟁 이후 폐허가 된 우리나라는 60여 년의 세월이 흐르는 동안 독재시대, 민주화운동, 경제 발전 등 엄청난 변화를 가져왔어. 지금은 자유롭고 평화로운 시대를 사니까 자유와 평화는 당연하다고 생각하고 얼마나 소중한지 느끼지 못할 수도 있어.

자유와 평화를 지키기 위해 기꺼이 목숨을 바친 수많은 국군과 유엔군의 값진 희생이 있었기에 지금과 같은 자유와 평화를 누리고 살 수 있는 거야.

점점 잊혀져 가는 한국전쟁에 대한 이해와 자유와 평화를 지키기 위해 희생하신 분들의 뜻을 기리고 유엔 참전국을 알리기 위해 이곳에 박물관을 세우게 된 거란다.

언덕을 오르다 보면 처음 반기는 것이 미국에서 개발한 전술 수

송기인 C-123K 수송기야. 비행기에 타볼 수 있는데, 수많은 비행 장치들을 볼 수 있고 곧 이륙해도 될 것 같은 모습이야.

야외 곳곳에는 전쟁과 관련된 전시물들이 있는데, 베트남 참전기념탑이 있고, 전차, 곡사포, 장갑차, 2연장 함포가 잔디밭 위에 나란히 자리하고 있단다. 그 곁에 노르웨이 참전기념비가 있는데, 한국전쟁 때 노르웨이에서 이동외과 병원과 병원선을 파견하여 동두천 지역에 병원을 열고 많은 부상병과 전쟁 고아들을 치료해서 이를 기념하기 위해서 당시 병원에서 같이 일하던 한국인 70여 명이 이 비를 세운 거야. 박물관 앞마당에 있는 한국형 짚차와 항공기, 관측기도 볼 수 있어.

동두천에 주둔한 미군이 사용했던 장비와 동두천과 주한미군의 역사를 1층 전시실에서 볼 수 있고, 2층으로 올라가면 1.4후퇴 후 중공군의 대공격을 막아 전세를 역전시킨 지평리전투를 모형으로 볼 수 있고, 한국전쟁 당시 벌어졌던 전투를 지역별 또는 국가별로 검색할 수 있고 참전 21개국에 대한 정보를 볼 수 있어. 3층에는 영상실이 있어서 한국전쟁 기록물과 인천상륙작전 및 포로수용소 영상을 보면서 당시 상황을 알 수 있게 되어 있어.

이곳에는 독특하게 이호왕기념관이 있단다. 한국의 파스퇴르로 불리는 이호왕 박사는 2021년 노벨상 생리의학상 후보 중 한 명으로 꼽히기도 했는데, 바이러스 병원체와 진단법, 백신까지 모두 개발한 기록을 세워 공로를 인정받고 있단다. 우리나라의 대표적인 의학자이자 미생물학자인 이호왕 박사는 동두천에서 연

이호왕기념관 입구

구실을 마련한 후 열악한 환경 속에서 미국도 해결하지 못했던 유행성 출혈열 병원체를 발견했어. 바로 한타바이러스(한탄바이러스, 서울바이러스, 푸루말라바이러스 등을 합쳐서 부르는 이름)를 세계 최초로 발견한 거야. 한타바이러스는 한탄강에서 세계 최초로 발견하고 분리해서 이호왕 박사가 지은 건데 동두천시 송내리에서 잡은 등줄쥐에서 바이러스를 발견한 데서 딴 이름이야.

휴전선 부근에서 군인과 농민들 사이에 신증후군 출혈이 발생했는데 온몸이 불덩이처럼 뜨겁고 얼굴, 가슴에서 핏줄이 터져 반점이 생기고 치사율이 높은 병이야. 한국전쟁 때 미군들이 이 병에 걸려 목숨을 잃어서 과학자들이 연구를 했지만 원인도 밝히지 못하고 있었어. 그런데 이호왕 박사가 들쥐의 폐에서 신증후군 출혈열 바이러스 덩어리를 발견하고 한탄바이러스라고 이름을 붙인 거지. 이호왕 박사는 여기서 그치지 않고 한탄바이러스 예방약인 백신을 만들기 시작했고, 1990년 세계 최초로 신증후군 출혈열의 예방 백신을 만들어냈어. 병의 원인과 치료약까지 개발한 것은 이호왕 박사가 처음이야.

인간이 살기 전 지구는 어땠을까

포천시_한탄강지질공원센터, 비둘기낭 폭포, 코버월드화폐박물관

우리나라에서 화산이 폭발한 곳이 어디냐고 하면 백두산과 한라산을 생각할 거야. 그래 맞아. 화산 활동이 있었던 대표적인 곳이지. 그런데 민족 분단의 상징인 휴전선에도 화산 활동의 흔적으로 멋진 모습을 보여주는 장소가 있는데, 바로 한탄강이야. 도대체 한탄강에 무슨 일이 있었던 것일까.

수십만 년 동안 만들어낸 협곡의 파노라마, 한탄강지질공원센터

한탄강은 강원도 평강의 추가령 계곡에서 시작한 물길이 철원, 연천을 지나 전곡에서 임진강과 만나는 강물이야. 한탄(漢灘)이란 말은 한숨 쉬며 탄식한다(한탄, 恨歎)는 뜻으로 오해하기 쉬운데, '한여울' 곧 큰 여울을 뜻하는 말이야. 크다는 뜻의 '한'과 바닥이 얕거나 폭이 좁아 물살이 세게 흐르는 곳을 뜻하는 '여울'을 합한 말이지. 김정호가 펴낸 전국지리지인 〈대동지지〉를 보면 한탄강을 '대탄강(大灘江)'으로 불렀는데, 물의 흐름이 빠른 급류가 많아서 '여울이 크다.'는 뜻으로 쓰인 거야.

한탄강은 경치가 너무 빼어나고 변화무쌍한 곳이야. 이렇게 아름다운 경치를 볼 수 있게 된 것은 화산 활동 이후 오랜 세월 동안 활발하게 변화하면서 곳곳에 수직절벽과 협곡을 만들어낸 결과물이란다. 사람이 지구상에 등장하기 훨씬 전에 일어난 일이야.

50만~13만 년 전에 북한의 강원도 평강군에 있는 오리산과

한탄강세계지질공원센터 모습

680미터 고지에서 여러 차례 화산이 폭발했어. 화산 폭발로 터져나온 용암이 옛 한탄강을 따라 임진강까지 흘렀는데, 그 길이가 약 110km나 돼. 용암이 흐르면서 한탄강 주변에 퍼져나가 서서히 식으면서 넓고 거대한 용암대지를 만들었어. 북한에서 시작되는 한탄강은 수십만 년 동안 용암대지 위를 흘러가면서 현무암을 깎고 깎아서 20m의 깊은 협곡을 만들었고, 용암이 찬 물을 만나 냉각되어 수축하면서 안쪽으로 금이 생기고 그 벽면을 따라 기둥 모양의 돌들이 무더기로 만들어지는 주상절리가 협곡을 끼고 만들어진 거야.

2020년, 유네스코에서 한탄강의 현무암 협곡과 용암대지라는 지질학적 특성, 빼어나게 아름다운 경치, 그리고 이것을 잘 보존하고 있는 사람들의 노력을 인정해서 유네스코 세계지질공원으로 인증하였어.

한탄강의 모든 것을 한눈에 볼 수 있는 곳이 한탄강지질공원센터야. 지금의 한탄강을 있게 만든 지질이야기부터 사람이 살고 있는 한탄강의 이야기를 전시하고 있어.

한탄강의 역사는 화산 폭발하기 이전에 있었던 암석과 지질,

화산 폭발 후 용암과 강물이 만나 만들어낸 주상절리 협곡, 하식 동굴, 폭포가 신비로울 정도로 멋진 경치를 만들어냈지. 사람이 살기 시작한 후 인간의 역사가 더해지면서 한탄강은 수많은 이야기를 남겨 놓게 된 거야.

한탄강에는 어떤 사람들이 살아왔을까. 한탄강 주변에는 구석기.신석기시대부터 조선시대까지 수많은 역사가 담겨 있어. 세계사의 획을 그은 구석기유물 '아슐리안 주먹도끼'가 출토된 전곡선사유적지의 이야기도 있고, 한탄강에서 살았던 청동기시대 사람들의 무덤인 실제 고인돌을 볼 수도 있어. 후삼국시대 한탄강을 호령했던 태봉국 궁예, 조선시대 한탄강의 경치에 반해 그림을 그린 진경산수화의 대가 겸재 정선도 만날 수 있지.

남북한이 분단된 이후 오랜 시간 휴전선 근처는 사람들의 발길이 뜸했어. 그만큼 자연을 잘 보존할 수 있었지. 상수원보호구역, 군사시설보호구역인데다 최근에는 자연환경을 보호하려는 노력들이 더해져 한탄강은 수많은 동식물의 삶의 터전이기도 해. 수달, 어름치 등 천연기념물이 살고 있고, 멸종위기 야생생물 2급인 분홍장구채, 1급인 광릉요강꽃도 살고 있어서 생태계의 보물이란다.

원시림 속으로 빨려들어가는, 비둘기낭 폭포

한강지질공원센터에서 한탄강 쪽으로 가면 굽이굽이 흐르는 한

주상절리를 잘 볼 수 있는 비둘기낭 폭포. 비가 오면 폭포 떨어지는 모습을 볼 수 있다.

탄강의 협곡과 협곡 양쪽으로 병풍을 펼쳐놓은 듯한 주상절리의 파노라마를 볼 수 있어.

비둘기낭 폭포는 한탄강 현무암 협곡과 함께 천연기념물로 지정되어 있는데, 현무암으로 이루어진 주상절리와 폭포, 동굴, 초록빛으로 물든 동굴의 호수, 협곡 등이 어우러져 원시림의 신비를 보여주고 있어.

그러다 보니 이곳에서 드라마와 영화를 촬영하곤 했는데 '선덕여왕', '추노', '최종병기 활', '늑대소년' 등을 촬영할 정도로 과거의 자연을 그대로 담고 있는 곳이야.

상류에 작은낭 폭포가 있고, 중간에 비둘기낭 폭포가 있어. 그리고 4각형 6각형의 기둥 모양으로 갈라지는 주상절리가 잘 발달한 협곡으로 이루어져 있어. 검은 현무암으로 이루어진 협곡은 500m나 펼쳐지는데 폭포, 동굴(하식동굴), 주상절리, 얇게 갈라지는 판상절리, 가뭄에도 지하수가 흘러나와 마르지 않는 맑은 물, 식물 등이 어우러져 아름다운 경관을 이루고 있지.

주상절리는 제주도와 동해안 해안에 잘 발달되어 있는데, 내륙에서는 한탄강이 대표적인 주상절리 지역이고, 비둘기낭 폭포에서도 주상절리의 절경을 볼 수 있어. 절리는 형태에 따라 이름을 붙이는데, 기둥 모양일 때는 주상절리라 하고, 땅과 수평을 이루면서 켜켜이 만들어지는 판상절리, 부채꼴 모양의 방사상절리 등이 있어. 하식동굴은 하천의 흐름으로 깎여나가거나 폭포 아래로 떨어진 물이 주변 암석의 약한 부분을 깎아내면서 만들어지곤 해. 비둘기낭 폭포의 하식동굴은 한탄강 중에서 가장 크고, 침식이 계속 이루어지면서 동굴이 더 커지고 있단다.

입구에서 울창하게 우거진 숲 사이로 나무계단을 따라 협곡으로 내려가다 보면 폭포에 대한 기대를 하게 돼. 비둘기낭 폭포라는 이름처럼 비가 오면 폭포까지 쏟아져 장관을 이루는데 비가 많이 오지 않거나 하면 폭포를 보지 못해서 아쉽기도 해. 폭포를 보지 못했다고 해서 절대 실망할 필요는 없단다. 비둘기낭 폭포에서 만나는 동굴과 동굴을 빼곡히 둘러싸고 있는 주상절리, 동굴 입구에 펼쳐진 에메랄드빛 물을 보면 이곳이 바로 원시림이구나 하는 감탄사가 나올 거야.

세계의 화폐가 한 자리에, 코버월드화폐박물관

포천에는 이색적인 박물관이 있는데 코버월드라는 곳이야. 이곳에서는 전세계 240여 나라의 화폐를 볼 수 있고, 세계 의상과 전통 소품, 전통 악기 체험도 할 수 있는 곳이야. 코버월드에서 세계 곳곳을 여행할 수 있다니 생각만 해도 신나네.

화폐는 한 나라의 경제에서 없어서는 안 될 교환 수단이야. 그러다 보니 화폐에는 그 나라를 상징하는 인물이나 장소, 유물 등을 그려넣어.

한 민족이면서 전혀 다른 세상을 살고 있는 북한의 화폐를 만날 수 있는데, 우리처럼 '원'을 사용하지만 디자인을 보면 김일성 얼굴과 생가가 그려져 있고, 꽃파는 처녀, 노동자상, 천리마 동상 등이 그려져 있어. 우리나라는 세종대왕, 퇴계 이황, 율곡 이이, 신사임당 같은 역사 인물이 그려져 있는데, 북한은 정치적인 인물이 그려져 있어서 당황스러울 거야. 그런데 우리나라도 대한민국 초기에 이승만 대통령을 화폐에 그린 적이 있단다.

코버월드는 아시아관, 아메리카관, 아프리카관, 유럽관, 오세아니아관, 공용화폐관, 식민지화폐관, 고전화폐관 등으로 되어 있어서 각 지역, 국가의 상징물들과 함께 볼 수 있어. 서로 비교하면서 보면 훨씬 재미있을 거야.

화폐는 무엇으로 만드는 걸까? 지폐를 보면 종이로 만든 것 같지만 면섬유를 활용해서 만들어. 가끔 주머니에 지폐를 넣은 채 세탁을 한 경험이 있을 거야. 빨래가 마른 다음 꺼내 보면 종이처럼 풀어지지 않고 그대로 있는 것을 볼 수 있어. 바로 면섬유로 만들었기 때문이지. 그런데도 훼손되고 위조를 하는 일들이 생겨서 플라스틱으로 지폐를 만드는 나라도 있단다. 호주, 영국, 캐나다, 뉴질랜드, 베트남 등에서는 폴리머 지폐라고 플라스틱 재료로 만들어. 여러 가공 처리를 해서 만들었기 때문에 일반 지폐와 비슷해.

폴리머 지폐는 재활용이 가능하고 다 쓴 지폐는 높은 압력으로 녹여서 건축 재료나 배관 부속품, 퇴비 등에 활용되기 때문에 친환경이라고도 해. 위조도 쉽지 않고, 수명도 길고, 재활용까지 가능한 플라스틱이라니 폴리머 지폐를 직접 만져 보고 싶지.

우리나라 지폐에도 위조 방지를 위해서 숨은그림부터 홀로그램, 부분노출은선, 색변환잉크, 돌출은화, 요판잠상 등 다양한 방법을 쓰고 있어.

화폐에는 지폐 외에 동전이 있어. 지금은 카드도 화폐 역할을 하고 있지. 카드가 많이 사용되다 보니 동전이 점점 사라지지만 아직도 동전은 매우 중요한 화폐란다.

동전 테두리를 만져보면 오돌토돌하지. 왜 동전 테두리는 오돌토돌할까. 동전 테두리를 톱니바퀴로 만드는 이유는 위조를 방지하기 위해서야. 17세기에 영국은 은화를 동전으로 사용했는데, 은의 가격이 너무 비싸서 은화 가치보다 더 높았던 적이 있어. 그러다 보니 은화의 테두리를 긁어내서 파는 일이 있었던 거지. 동전이 훼손되고, 범죄가 늘어나고 돈이 제대로 역할을 하기 힘들어

다양한 세계 화폐를 볼 수 있는 코버월드화폐박물관

졌어. 고민에 빠진 영국 왕실은 위폐를 방지하기 위해 방법을 찾았는데, 조폐국장으로 있던 과학자인 아이작 뉴턴이 은화 옆면에 홈을 내서 만들자고 했고, 이렇게 해서 동전 테두리에 톱니바퀴 무늬가 생겨난 거야.

영국 1파운드 동전에는 테두리에 글씨가 새겨져 있어. 돈의 품위도 높이고 위조를 막기 위해 라틴어로 새겨 넣었어. 어느 누구도 벌 받지 않고 나를 화나게 하지 못한다는 뜻의 NEMO ME IMPUNE LACESSIT, 나는 내 조국에 충성한다는 뜻의 PLEIDIOL WYF I'M GWLAD, 장식품과 호위병이라는 뜻의 DECUS ET TUTAMEN가 써 있어. 세 번째 글은 로마 시인 베르길리우스의 서사시 Aeneid에서 따온 말이야.

세계대전이 일어난 후 독일 경제가 무너졌을 때 화폐의 가치도 떨어진 적이 있어. 아이들이 돈다발로 블록쌓기를 하고, 난로에 장작 대신 돈다발을 넣어서 태우기도 했어. 길에 떨어진 돈을 쓰레기처럼 쓸어버리는 일도 있었지.

화폐는 이렇듯 한 나라의 경제를 나타내는 아주 중요한 경제 수단이야. 세계 각 나라의 화폐를 보면서 경제에 대해 조금씩 생각해 보고 이야기해 보는 시간을 갖는 것도 중요할 것 같다.

유네스코에 도전하다

양주시_회암사지박물관과 회암사지, 양주관아, 청암민속박물관

고려의 큰 절을 만나다, 회암사지박물관과 회암사지

따사로운 햇살 아래 군데군데 가족들이 모여 있고 아이들이 마구 뛰어놀아도 되는 넓디 넓은 잔디밭을 지나 얕은 언덕을 올라가면 깜짝 놀랄 만한 광경이 눈앞에 펼쳐질 거야. 건물은 보이지 않고 주춧돌만 남아 있는 거대한 절터, 바로 회암사지야.

어쩌다 이렇게 큰 절은 사라졌을까?

천보산 남쪽으로 완만하게 펼쳐진 어마어마하게 넓은 자리에 회암사지가 있고, 넓은 잔디밭을 지나 오면 입구쪽에 회암사지박물관이 있어.

회암사지를 발굴하고 나온 유물들을 이곳에서 연구하고 전시하고 교육을 하고 있는 전문박물관이야.

어마어마하게 큰 규모의 회암사는 언제 세워졌고, 어쩌다 사라진 걸까. 회암사는 고려시대 때 세워진 절인데 조선시대에도 왕실과 관련된 절이었어. 지금부터 타임머신 타고 고려시대로 돌아가 보자.

회암사가 언제 지어졌는지는 정확하지 않지만 원증국사탑비나 〈동국여지승람〉의 기록에 회암사라는 절 이름이 있는 것을 보면 12세기에는 지어졌을 거야. 회암사지를 보면 대규모로 커진 것을 알 수 있는데, 고려 말에 인도에서 온 지공스님이 회암사의 모습이 천축국(지금의 인도)의 나란타사(인도에 있는 사원, 인도 불교의 중심지가 됨)와 같기 때문에 이곳에서 부처님 말씀을 전하면 아주 잘될 거라고 하였고, 제자인 나옹대사가 절을 크게 지으면서 규모가 커진 것이야.

조선을 건국한 이성계는 친구인 무학대사를 왕사로 이곳에 머물게 했고, 무학대사는 왕명을 받아 회암사 북쪽에 장수를 기원하는 탑을 세웠지. 불교를 억누르고 유교로 나라를 다스리고자 했던 조선이지만 효령대군, 정희왕후, 문정왕후 등 왕실 가족들이 즐겨 찾는 회암사는 최고의 왕실 절이 되었던 거야.

16세기 이후 알 수 없는 이유로 절은 사라지고 절터만 덩그러니 남게 되었어. 오늘날에 와서 조사를 하고 12번에 걸쳐 발굴하면서 일반적인 절과 달리 궁궐과 비슷한 형태를 지니고 있다는 것을 알게 되었던 거야. 발굴된 유물을 보면 왕실에서 사용하던 도자기, 기와 등이 많이 나왔는데 조사한 결과 고려 말에서 조선 초기까지 엄청 큰 절이었다는 것을 알게 되었어.

천보산 남쪽 자락의 완만하게 경사진 넓은 곳

광활한 회암사지와 회암사지부도탑의 모습

에 절을 세우면서 남쪽으로 내려가면서 계단형으로 되어 있는 회암사지는 비록 대부분 사라지고 터만 남아 있지만 여기서 나온 유물이나 기록들을 보면 회암사가 얼마나 크고 멋졌을까 하는 생각이 들어. 양주시에서는 회암사지를 유네스코 세계문화유산으로 등재하려고 하는데, 이곳에 남아 있는 유물 중 양주회암사 무학대사탑과 양주회암사지 무학대사탑 앞 쌍사자석등, 지공선사 부도 및 석등, 나옹선사 부도 및 석등을 보면 언젠가 유네스코 세계문화유산으로 등재될 거란 믿음이 들어.

회암사지 북쪽 끝자락에 조선시대의 사리탑이 떡 버티고 서 있어. 회암사지부도탑이라고 하는데, 스님의 사리를 보관하는 탑이야. 터만 덩그러니 남아 있는 절터에서 멀리서도 보일 정도로 회암사지를 보여주는 귀한 유물이야. 팔각형으로 된 기단이 3단으로 되어 있고 둥근 모양의 탑신을 받치고 있어. 용과 기린, 초화문, 당초문, 팔부신중이 새겨져 있어서 화려해 보이기도 해. 언제 세워졌는지 주인공이 누구인지는 모르지만 보우 스님의 부도탑이라고도 하고, 1472년 회암사 중창을 담당했던 처안 스님의 공적을 기린 부도탑으로 보기도 해.

사또의 목소리가 울릴 것 같은 양주 관아지

양주 관아는 1506년(중종 1) 지금의 위치에 세워졌고, 1922년 의정부로 이전할 때까지 417년 동안 양주목을 다스리는 관청이 있었던 곳이야.

지방에서 관리들이 일을 하는 장소를 관아라고 하는데, 이곳에는 수령의 사무실인 동헌과 수령의 가족이 사는 내아, 수령을 도와서 일을 하는 장소인 향청, 관리들이 근무하는 장소인 작청 등으로 되어 있어. 수령은 지방의 각 고을을 맡아 다스리는 지방관리를 말하는데, 사또라고도 하고 원님이라고도 해.

관아의 중심부는 수령의 사무실이 있는 동헌이겠지. 현재 복원된 동헌 앞에는 그동안 발굴 조사한 흔적을 보존하고 있어서 옛날 양주관아의 동헌이 어땠는지 알 수 있을 거야. 동헌은 일반적인 행정 업무를 보는 곳인데, 재판도 이곳에서 이루어지곤 해. 동헌 안에서 죄인을 형틀에 묶고 곤장 치는 모습을 사극에서 본 적이 있지. 바로 그곳이 동헌이야.

양주 관아에는 또 다른 역사를 담고 있는데, 천주교 신자들이 순교한 장소라는 뜻으로 '양주 관아 치명성 터'라고 하지. 1866년(고종 3) 병인박해 때 홍성원 아오스딩, 김윤호 요한, 권말다, 김

양주를 다스리는 관청이 있던 양주 관아지

마리아, 박서방 등 5명이 순교한 장소야. 김윤호 요한, 권말다, 김마리아는 용인에서 체포되었고, 홍성원 아오스딩은 포천에서 양주 포교에게 체포되어 양주 관아에서 죽음을 당하였고, 양주에서 머문 것으로 알려진 박서방은 양주옥에서 교수형을 받고 죽었단다. 천주교 의정부교구에서 병인박해 때 순교자들의 명단과 약전을 기록한 책인 〈치명일기〉에 나온 기록과 여러 증언을 바탕으로 양주의 치명 터를 찾게 되면서 양주 관아를 '치명성 터'로 부른 거야. 양주에 조상 때부터 살아온 토박이 어른들이 전하는 말에 의하면 당시 순교자들이 처형되었던 곳은 양주 관아지 앞 다리, 또는 지금의 양주시청 앞 다리 밑이라고도 해. 역사의 흔적을 찾아 진실을 알아가는 과정이 얼마나 어려운 일인지 알 것 같아. 힘들다고 어렵다고 포기할 수 없는 게 역사란다. 역사를 잊으면 같은 일이 반복되거든.

양주 관아지 근처에 양주순교성지가 있는데, 1866년 병인박해 때 순교한 신자들을 기리기 위해 150주년이 되던 2016년에 성지로 선포하면서 생긴 곳이야. 바로 앞에는 양주향교가 있고, 양주별산대놀이전수회관이 있어. 양주별산대놀이 음악이 흘러나오는데 마치 조선시대에 와 있다는 생각이 들 거야.

자연과 사람이 어우러져 하나되는 청암민속박물관

청암민속박물관 입구를 보는 순간 아! 하고 감탄사가 절로 나와. 밖에서 봐도 온갖 색들이 한꺼번에 쏟아지는 기분을 느낄 수가 있어. 2천여 평의 넓은 대지 위에 별천지를 펼쳐놓은 박물관은 야생식물원과 민속박물관 그리고 체험관으로 이루어져 있어. 이곳에 발을 들여놓는 순간 우리는 과거 속으로 쑥 빨려들어갈 거야.

20여 년 간 꾸준히 수집한 물품들을 전시해 놓은 곳인데, 말 그대로 박물관이란 말이 맞다는 생각이 들 정도로 많은 민속품과 옛 물건들, 이름 모를 야생화들이 자리잡고 있어. 지금도 시골에 가면 볼 수 있는 물건들도 있고, 100년 전에나 있을 법한 물건들도 있지. 우리 조상들의 삶의 모습을 테마별로 구별해서 전시되어 있고, 정원에는 120여 그루의 분재형 소나무로 이루어진 숲과 그 사이사이에서 계절 따라 피어나는 수백 종의 야생화, 그리고 농기구와 돌절구, 장독대, 옛스러운 탑들이 서로 어우러져 있단다.

민속박물관에는 조상들이 쓰던 물건 수만 점이 추억의 세계로 이끌기도 하고, 귀여운 꼬마신랑의 첫날 밤 모습을 보면서 미소를 짓기도 할 거야. 수많은 민속 생활용품을 활용해서 마을을 만든 것 같은 곳도 있는데, 대장간, 우물가, 안방, 시장, 거리, 학교, 만화가게, 서당, 한약방, 옹기장수 등이 그대로 현실로 튀어나올 것만 같아.

청암민속박물관의 입구

지금은 대부분 사라지

고 없는 소중한 문화 유산들이 한 곳에 모여 옛이야기를 들려주는 것만 같아. 할머니의 구수한 이야기도 들릴 것만 같고 누군가에게는 어린시절 추억을 다시 끄집어낼 수 있는 장소이기도 하고 누군가에게는 옛날에 이렇게 살았다고? 어떻게 이렇게 살 수가 있지 하고 깜짝 놀랄 장소야.

요즘 유행하는 것 중에 하나인 레트로 감성을 잘 보여주는 곳이지. 레트로는 옛 것을 그리워하고 그 시절로 돌아가려는 문화를 뜻하는데, 레트로는 기계화, 첨단화, 인터넷 세상에서 살고 있는 현대사람들에게 위로가 되고 힐링을 시켜주는 문화이고 유행이란다. 청암민속박물관이 바로 레트로 감성과 딱 어울리는 장소인 거지.

청암민속박물관에는 다양한 민속품들이 있어서 레트로 감성이 넘쳐난다.

옛스러움과 멋스러움이 함께 하는 곳

의정부시_정문부장군묘, 송산사지, 노강서원

의병대장이 되어 두 왕자를 구한 정문부 장군

북관대첩비는 임진왜란 때 북평사 정문부 장군이 의병을 모아 함경도 길주, 백탑교 등지에서 가토 기요마사가 이끄는 왜병을 격파한 것을 기념하기 위하여 조선 숙종 때 세워진 승전비야.

북관대첩비의 정식 이름은 '유명조선국함경도임진의병대첩비(有明朝鮮國咸鏡道壬辰義兵大捷碑)'라고 해. 높이 187㎝, 폭 66㎝, 두께 13㎝인 비석에는 1500여 글자가 빼곡히 써 있는데, 함경도 의병이 가토 기요마사가 거느린 왜군을 무찌른 것, 왜란이 일어나자 반란을 일으켜 함경도로 피난한 두 왕자를 왜적에게 넘긴 국경인을 처형한 내용 등이 적혀 있어.

임진왜란이 터지자 왜군은 파죽지세로 한양을 공격하고 선조는 의주로 피난을 갔어. 왜군 장수 고니시 유키나가와 가토 기요마사가 군사를 이끌고 북진해 오자 선조는 군사를 모으기 위해 왕자 임해군과 순화군을 함경도와 강원도로 파견했어. 그런데 왕자라는 신분으로 백성들을 괴롭히는 임해군의 행동에 함경도 주민들은 화가 치밀었고, 회령의 아전이었던 국경인과 국세필 등이 임해군과 순화군을 잡아서 왜병에게 바치고 항복해버린 거야. 왜병과 손잡은 대가로 이들은 함경도 책임자가 되었어. 게다가 함경도까지 쳐들어온 왜군으로 혼란에 빠진 틈을 타서 북쪽에서는 여진족이 호시탐탐 쳐들어오려고 했어.

이때 정문부가 이끄는 의병대가 여진족이 쳐들어오는 것을 막아야 한다는 이유를 들어 국세필을 안심시킨 후 경성으로 들어가서 이들을 생포해 처형하고, 왜병 수십 명을 쳐부수었어. 나아가 왜병과 싸워 10월에는 길주 장평에서 왜병 825명, 12월에는 쌍포에서 왜병 100여 명(《실록》에는 60여 명)을 전사시키고 이듬해 1월에는 왜병 100여 명을 단천에서 쳐부수었어. 이에 왜병은 1월 28일에 관북에서 물러났다고 북관대첩비에 쓰여 있어.

임진왜란 때 의병을 모아 함경도에서 일본군을 물리친 정문부 장군 무덤

북관대첩은 한 개의 성을 지켜냈을 뿐만 아니라 함경도 일대에서 왜병과 맞서 싸워 승리하여 평안도 의주에 와 있는 선조를 지켜냈으니 그 승리가 매우 컸어.

이런 큰 공을 세운 정문부는 그후 어떻게 되었을까. 정문부가 세운 전공을 관찰사인 윤탁연이 모두 사실과 반대로 조정에 보고하여 제대로 된 평가를 받지 못했어. 전쟁이 끝난 뒤에는 인조반정 뒤 박홍구 옥사사건에 연루되어 고초를 겪다 결국 1624년 11월 19일에 옥사하였단다. 그후 43년 뒤에 모든 것이 밝혀지고 돌아가신 지 85년 뒤인 1708년에는 그곳에 부임했던 함경도 북평사 최창대가 글을 짓고 이명필이 글을 써서 함경북도 길주군 임명에 마을 주민의 뜻을 모아 마침내 북관대첩비를 세우게 된 거야.

야스쿠니신사에 방치된 북관대첩비, 드디어 돌아오다

북관대첩비가 세워지고 200년이 흘렀어. 불행하게도 이 땅에서 또 전쟁이 일어났는데 바로 러일전쟁이야. 함경도 지역에 주둔한 일본군 제2사단 17여단장인 이케다 마시스케 소장이 이 비석을 보더니 임진왜란 때 일본이 패전한 것을 기록해놓은 비석이라는 것을 알게 되었어. 이케다 마시스케는 이 비석을 뽑아서 일본으로 보내버린 거야. 1905년 10월 28일 히로시마 항에 도착한 비석은 일본 황실에서 보관하다 야스쿠니 신사로 옮겨졌지. 1909년에 일본에 유학중이던 조소앙이 야스쿠니 신사에 방치된 비석을 보고 대한흥학보에 글을 쓰기도 했어. 그러나 일본에게 나라를 빼앗겨 식민지가 된 우리나라는 더 이상 북관대첩비에 대해 관심을 가질 수가 없었단다.

그렇게 시간이 흐른 후 1978년에 도쿄에서 활동하던 재일 학자인 최서면 교수가 조소앙이 쓴 글을 읽고 북관대첩비에 대해 알게 되었고, 이 비석이 야스쿠니 신사에 있다는 것도 확인했어. 그후 한국 정부와 민간단체들이 끊임없이 비석을 찾아오기 위해 수많은 노력을 했고 드디어 2005년 10월에 한국을 떠난 지 100년 만에 비석을 다시 찾아오게 되었단다.

하지만 바로 원래 있던 곳인 함경도에 갈 수가 없었어. 한국전쟁 이후 남북한이 둘로 갈라졌기 때문이야. 드디어 서로 협의한 끝에 2006년 3월 1일에 북한에 전해주고 원래 있던 곳인 함경북도 김책 시에 다시 세워지게 되었단다. 그리고 원래의 비석을 그대로 복원하여 경복궁과 독립기념관에 세웠고, 세 번째로 2007년 6월 25일에 정문부 장군 무덤에 북관대첩비 복제비석을 세웠단다.

한편 북한에서는 2만 여m^2 보호구역을 만들어서 북관대첩비를 보존하고 있고, 받침돌도 원래 받침돌을 그대로 사용하였어.

함경북도 길주에 있는 북관대첩비를 그대로 복원하여 정문부 장군 무덤 곁에 세웠다.

북관대첩비는 임진왜란 때 의병 활동에 대한 매우 중요한 역사적 자료이고, 일본으로부터 찾아와서 북한에 전해주는 과정을 통해 남북 간의 역사에 대한 생각을 서로 나누고, 한일 간의 불행했던 과거를 회복하는 자료야.

정문부 장군 무덤 한 켠에 세워진 북관대첩비를 보면서 임진왜란부터 러일전쟁, 일제강점기, 그리고 한국전쟁의 역사를 비석 하나를 통해서 생각해 볼 수 있는 시간이 될 거야.

고려 사람으로 살다 간 충신을 기린, 송산사지

송산사지는 고려에 대한 충성과 절개를 끝까지 지키다가 죽은 영혼을 기리기 위해 제사를 지내는 사당 터야.

이성계가 조선을 세워 새 시대를 열었지만 고려의 신하 중에 많은 사람들은 조선의 왕을 섬기기를 거부하고 평생 사람들을 피해 고려 사람으로 살다가 죽은 경우가 많아. '두문불출'이란 사자성어도 이때 나온 말이야. 경기도 개풍군 광덕산 서쪽 골짜기를 두문동이라고 하는데 고려가 망하자 고려의 신하 72명이 고려에 충성하고 조선의 신하로 살기를 거부하고 숨어 지낸 곳이지. 조선 왕조는 두문동을 포위하고 불을 지르면 모두 나올 거라고 생각했어. 그러나 불을 질렀는데도 두문동 신하들은 나오지 않았던 거야. 고려의 신하로 마지막까지 살다 간 거지. 두문동에서 나오지 않았다고 해서 두문불출이라고 한 거야.

이렇게 고려가 망했는데도 조선의 신하로 살지 않고 고려의 신하로 평생 숨어 지낸 사람이 많단다. 의정부에도 고려 충신에 관한 이야기가 남아 있어.

고려 말의 충신인 조견, 원선, 이중인, 김양남, 유천, 김주 등 6명의 위패를 모신 사당이 있는데, 바로 송산사지야. 이들은 이성계가 새운 새 왕조인 조선의 왕을 섬기기를 거부하고 세상을 피해 숨어서 살다가 여생을 마친 고려의 충신들이야.

고려가 망하고 조선이 세워지자 이성계는 고려의 신하들을 자기 사람으로 만들기 위해 끈질기게 노력했어. 조견, 정구, 원선은 '충신은 두 나라의 임금을 섬기지 않는다.'는 충절을 내세워 이성계의 손을 잡지 않고 송산동 삼귀 마을에 들어와 숨어 살았어. 조견의 호가 송산이어서 마을 이름을 송산동이라고 부르게 되었고, 조견 · 정구 · 원선 세 사람이 먼저 돌아온 곳이라 하여 '삼귀

마을'이라고도 불러.

조선 정조 때 전국의 유학자들이 모여 사당을 세우고 '삼귀서사'라고 했어. 이때는 조견, 원선의 위패만 모셨지. 1798년 송환기가 기록한 〈삼귀서사기〉에 보면 '송산 삼귀촌은 곧 고려 말에 송산 조견, 판삼사 원선, 설학재 정구 삼공이 망국의 한을 품고 돌아와 숨은 옛 동리'라고 써 있어. 세 집안의 자손들이 뜻을 모아서 '삼간옥사'의 형태로 건물을 세우고 송환기가 써준 '삼귀서사'라는 편액(건물의 이름을 쓴 판)을 걸게 되었던 거야. 그후 1804년에 '송산사'로 이름을 고쳐 부르고, 1811년 이중인, 김주, 김양남, 유천 등 고려 말 충신 네 사람을 추가로 올리게 되었어.

고종 때 흥선대원군이 내린 서원철폐로 47개의 서원(사당 포함)만 남기고 모든 서원을 없앨 때 송산사도 없어졌다가, 이후 송산사 옛터에 위패만 모셔진 단이 마련되었는데 이를 '삼귀단'이라고 해.

고려 말 충신의 뜻을 기리기 위해 세운 사당 송산사가 있던 자리

송산사를 복원하기 위해 발굴 조사를 했는데, 사당 터가 북쪽을 향하고 있다는 것을 알게 되었어. 고려의 서울이 개성이 있는 북쪽을 향해 건물을 지었던 거지.

갖은 고문에도 굴하지 않은 충신 박태보, 노강서원

사극의 주인공으로 자주 등장하는 사람이 인현왕후(왕비 민씨)와 장희빈일 거야. 숙종은 두 부인 사이에서 이들과 결탁한 신하들을 교대로 갈아치우며 왕권을 강하게 만들었지. 이 사건에 휘말려 목숨을 잃은 선비가 바로 박태보란다.

숙종은 민씨 왕비와 결혼했으나 8년 동안 아이가 없었어. 왕비가 되어 왕자를 낳지 못하고 있으니 인현왕후는 하루도 마음 편할 날이 없었을 거야. 그러던 차에 후궁인 장씨가 아들을 낳았는데, 숙종이 태어난 지 석 달 된 장씨의 아들을 적장자로 삼고 장씨를 희빈으로 삼은 거야.

이때 정치인들은 세력이 나뉘어 남인은 장희빈을 지지했고, 서인은 인현왕후를 지지했어. 권력을 잡고 있던 서인은 장희빈의 아들을 적장자로 삼는 것을 반대했지만 숙종은 남인의 세력과 손잡고 밀어붙인 거야. 숙종은 송시열을 유배 보내고, 서인 세력을 몰아내고 그 자리에 남인들을 앉혔어.

서인들이 인현왕후 폐위를 반대하는 상소를 올렸는데, 이때 상소문을 쓴 사람이 바로 박태보란다.

늦은 저녁에 올라온 상소문을 본 숙종은 분노하며 자정이 넘은 시각인데도 인정문 앞에 형구를 준비시키고 직접 심문을 하였어.

박태보가 전하를 배반한 적 없고, 대의에 따라 한 일이라고 하였으나 숙종은 사실대로 고하라며 온갖 형벌로 심문을 하였어. 수십 차례 몸을 지지고 무릎을 짓이기는 형벌에도 박태보는 의연하게 있었단다. 목숨만은 살려달라는 영의정의 상소를 받은 숙종은 박태보를 진도로 유배시켰어. 온몸이 만신창이가 된 박태보는 다음날 유배길을 떠났으나 노량진에 이르러 더 이상 살지 못하고 생을 마감했단다. 하룻밤의 혹독한 형벌이 충언을 한 36살 젊은 박태보의 목숨을 앗아간 거야.

숙종이 인현왕후와 장희빈 사이에서 서인, 남인, 또 서인과 손을 잡았던 이유는 왕권을 강하게 하기 위해서란다. 인현왕후와 장희빈이라는 왕실의 여인들 이야기 뒤에는 이렇게 격렬한 정치 싸움이 있었던 거야.

고려 말 충신의 뜻을 기리기 위해 세운 사당 송산사가 있던 자리

죽은 지 5년 후에 조윤벽 등이 상소를 올려서 죄를 사면받고 박태보의 학문과 덕을 기리기 위해 서원을 세웠어. 그때 숙종이 '노강'이라고 이름을 지어주었어.

노강서원은 흥선대원군이 서원철폐를 했을 때에도 없어지지 않고 살아남은 47개 서원 중 하나야.

원래 박태보가 죽은 곳인 노량진에 세웠는데 한국전쟁 때 불에 타버려 지금의 자리로 옮긴 거야. 이곳은 박세보의 아버지인 서계 박세당이 매월당 김시습을 제사지내던 청절사가 있던 곳이야. 노강서원 주변에는 서계 박세당 고택, 박세당 무덤이 있어서 이곳으로 옮기게 된 거지. 아버지 곁에 함께 있으니 다행이란 생각도 드네.

노강서원에 오면 온갖 고문에도 굴하지 않고 자신의 신념을 지켜내는 것이 얼마나 힘든 일인지를 다시 한번 생각하게 돼.